KATRIN RICHTER

„ICH WAR NICHT IN DUBAI"

EIN HIERBLEIBEBUCH

Die Autorin

Katrin Richter hat schon unter den Namen
Clara Felder, Katrin Panier und Katrin Panier-Richter insgesamt elf
lieferbare Bücher veröffentlicht.

Sie ist eine leidenschaftliche Tagebuchschreiberin und Spaziergängerin,
lebt zurückgezogen in Berlin und sitzt abwechselnd in ihrer Schreibwerk-
statt und in ihrem Lieblings-„Café Behring".

Die Liste der lieferbaren Werke finden Sie am Ende dieses Büchleins.

Katrin Richter

Ich war nicht in Dubai

Ein Hierbleibebuch

Bibliografische Information der Deutschen Nationalbibliothek:
Die Deutsche Nationalbibliothek verzeichnet diese Publikation in der
Deutschen Nationalbibliografie; detaillierte bibliografische Daten sind im
Internet über <http://dnb.d-nb.de> abrufbar.

Impressum

(C) Katrin Richter
1. Auflage, 2010
Titelbild: eigene Fotos, 2010
Umschlag, Satz und Layout:: Richter, Berlin
Herstellung und Verlag: Books on Demand GmbH, Norderstedt
Printed in Germany

ISBN 978-3-8423-2681-1

Dienstag, 5. Oktober 2010 in Berlin

Ich bin nicht schön ohne dich. Gerade habe ich es gesehen. Als ich am Spiegel vorüber ging. Später werde ich mir das Haar waschen. Vielleicht, dass das etwas nützt. Einen Glanz zurück bringt, der mir bei unserem Abschied verloren ging.

Es ist klar, dass dieser Moment irgendwann kommen musste. Nun bist du fort, und ich bleibe zurück. Vorhin habe ich doch geweint. Und ich hatte mir so sehr vorgenommen, zu lächeln. Tapfer zu lächeln, damit es für dich nicht noch schwerer wird. Du willst ja nicht weg von mir. Du hast dir diese Reise positiv geredet, so wie ich das auch tat. Und dann rollten doch Tränen, und das mir, die ich normalerweise nicht so leicht weine.

Die ganze Waschmaschine habe ich vollgestopft. Nun rödelt sie vor sich hin, wie immer, wie an jedem Waschtag. Ihr kann es ja egal sein. Gleich fülle ich das Waschbecken in der Küche. Ich wasche und wasche ab. Die einfachen Tätigkeiten im Haushalt geben mir den größten Trost. Und Halt.

Meinen *Laptop* habe ich mir auf den Küchentisch geholt. Zuerst versuchte ich, wie immer in meinem eigenen Zimmer zu schreiben. Nun – ohne dich – sind alle Zimmer meine eigenen. Die ganze Wohnung gehört jetzt mir, und ich brauche sie doch gar nicht. Brauche ich denn so viel Raum für mich allein?

Jedenfalls, das Schreiben bei mir funktionierte heute nicht. Ich trug also das Rechnerchen hierher, an den Küchentisch, links von mir das Abwaschbecken, und ab jetzt werde ich schreiben, abwaschen, abwaschen, schreiben, als ob die eine Handlung nicht mehr wert wäre als die andere. Ist sie ja auch nicht. Alle Arbeiten sind gleich wertvoll, ob ich einen Fußboden schrubbe oder ein Buch verfasse. Und so werde ich es zelebrieren; möglich, dass es mir taugt.

An unserem Küchentisch bin ich dir näher. Fast ist es, als ob ich dir erzählte, was geschah, wie ich es dir immer erzähle. Bei Mahlzeiten, während unserer täglichen Spaziergänge, am Telefon. Du hast jederzeit ein Ohr für mich. Niemals verlierst du die Geduld, was das angeht. Wie machst du das nur, mein Schatz? Wie soll ich denn nur ohne dich diese Wochen überstehen?

Vorhin brachtest du das letzte Obstschälchen für lange Zeit auf diesen Tisch. Du holst es zum Frühstück vom Vietnamesen um die Ecke. Das kann man selbst so gar nicht herstellen, für einen Euro dreißig Cent. Wie viele Früchte müsste man da einkaufen, zerschnippeln, mischen, um diese Vielfalt zu bekommen. Da liegen Kiwi, Weintrauben, Aprikosen und Ananas neben Melone, Honigmelone, Apfelsine. Der Überraschungseffekt ist auch nicht zu verachten: Man hebt den Deckel ab und durchsucht die Schale. Was wird wohl heute drin sein? Ich mag am liebsten die Trauben. Heute waren besonders viele enthalten, dunkelviolett und grün. Ahnte der Gemüsehändler, dass ich heute Tröstliches brauche, oder hast du es ihm gesagt?

Als nächstes esse ich die Orangenstückchen, mundgerecht geschnitten. Danach färben nur noch die Ecken der Honigmelone das Schüsselchen weiß.

Morgen werde ich mir mein Obst selber kaufen müssen.

Mittwoch, 6. Oktober 2010 in Berlin

Ich habe darum gebeten, weise werden zu dürfen, uralt und weise. Da muss ich mich nicht wundern, wenn solche Übungen kommen, wenn sie einfach dazu gehören. Kein Mensch wird weise ohne Üben. Aber doch nicht so! Es müsste sanfter gehen, einfacher, bequemer. Na ja. Gelebt wird, was dran ist. Und nicht das, was ich gerne hätte.

Gegen Abend kamen dann doch die Tränen. Ist dir schon einmal aufgefallen, dass es nicht die harten oder die gleichgültigen Reaktionen sind, die uns weich werden lassen, sondern die liebevollen? Eine Freundin rief an und erkundigte sich — obwohl sie selbst im Krankenbett lag — nach mir und meinem Befinden. Da löste sich der tapfere Knoten, und die Tränen flossen. Sie flossen auch dann noch, als ich längst auf unserer Abendrunde war. Wir gehen sie sonst zu zweit. Und nun ging ich allein, während die linke Hand nach deiner Hand suchte; während meine Phantasie sich den Druck deiner Finger vorstellte. Finger, die jetzt irgendwo in einer Blechhülle über dem Schwarzen Meer flogen.

Es gibt Gedanken, die jetzt verboten sind. Der Gedanke an deine Hände zum Beispiel, wie sie sich wärmend in meinen Nacken legen und mit der Dreifarbigkeit meiner Haare spielen, die du so liebst, die dich irgendwie amüsiert. Deine Arme, wie sie Holz stapeln, damit ich den Kamin anheizen kann. Die Art, wie du mich ansiehst. Dann bin ich nämlich schön; dann fühle ich mich wie vor zwanzig Jahren, als wir einander kennen lernten und nicht müde wurden, uns gegenseitig zu bewundern. Das tun wir immer noch. Ich bewundere dich für deine Arbeit, und du mich für die meine, so unterschiedlich sie auch sind. Vielleicht gerade, weil sie so verschieden sind, mein stilles, zurückgezogenes Tun; dein kraftvolles und wirbelndes. Deines in der Welt, meins immer ein wenig nicht so ganz von dieser Welt.

Also, es gibt Gedanken, die muss ich mir jetzt verbieten, wenn ich nicht will, dass meine Augen ganz zuschwellen von den Tränen. Tränen sind gut, so lange sie inwendige Knoten abschmelzen helfen. Tränen sind von Übel, wenn sie den Blick beginnen zu trüben. Es ist wie bei allem: Die Dosis macht das Gift. Es kommt auf das rechte Maß an und auf sonst gar nichts.

Ganz kurz vor dem Schlafengehen, Minuten nur, als ich die letzte Kontrollrunde durch unsere Wohnung drehte, du weißt Bescheid!, da stand ich wie immer vor dem Gasherd und sprach laut mit, während ich die Regler für die Kochstellen überprüfte: „Das Gas ist aus. Das Gas ist wirklich aus. Das Gas war gar nicht an." Und mir fiel ein, wie ich zum Spaß – aus Selbstironie wegen meiner Zwanghaftigkeit – manchmal so stehe und deinen Finger greife, der so viel kräftiger ist als meiner, und wie ich ihn dann wie einen Zeigestock in einer Schule benutze. Beide lachend – und wie Lehrer an einer imaginären Tafel – sprechen wir im Chor unser Sicherheitsmantra, während ich mit deinem Zeigefinger auf die blöden Knöpfe am Gasherd weise, einen nach dem anderen: „Das Gas ist aus, das Gas ist wirklich aus, das Gas war gar nicht an." So albern. So unausweichlich, immer nur für heute, bis ich etwas anderes gelernt haben werde. So innig. Du liebst auch meine Macken, das weiß ich dann. Und wo ist er jetzt, an diesem Abend, vor dieser dunklen Nacht, dein Zeigefinger? Er blättert vielleicht in den Seiten einer Zeitschrift, hoch über den Wolken, in einem Flugzeug, das dich nach Dubai bringen wird. Nein, zuerst nach Istanbul, dort machst du Zwischenstation – und dein Zeigefinger auch. Dann fasst er sicher um den Henkel einer Kaffeetasse, während du auf den Anschlussflug wartest. Dein vertrauter Finger, so weit fort von mir.

Kein Wunder, dass ich mir diese Gedanken verbiete. Sie führen ja nur dazu, dass sich meine Brust in einem neuen Schluchzen heben will; und ich bin aber fest entschlossen, für mich aus dieser Zeit das Allerbeste zu machen. Eine Art Kur oder Klausur, eine Einkehr für meine Seele. Wer mich betreuen wollte, wer mich fürsorglich vor mir selbst bewahren wollte, dem habe ich abgesagt. Ich will da also durch; ich möchte es spüren, was sich da melden will; und davon soll mich nichts und niemand ablenken.

Weißt du, was lustig war? Als ich da so unseren Weg lief, gestern Abend, mit nassen Wangen und roten Augen, getröstet von der frischen Herbstluft und von der Natur, da kamen zwei jungen Leute auf mich zu, blieben direkt vor mir stehen. Ob ich die Bibel schon kennen würde, das Buch aller Bücher. Vielleicht hätte ich schon einmal davon gehört. Sie jedenfalls wären auf jeden Fall bereit, mir davon zu erzählen, wenn ich jetzt ein wenig

Zeit hätte. Als sie mir ins Gesicht blickten, da stockten sie in ihrer Rede, hielten sie inne, wurden unsicher. Ich hakte mich in den Moment ein und sagte: „Sie sehen ja, es ist nicht günstig; ich muss allein sein jetzt." Natürlich, nickten sie, das sehen sie genau. Sie wünschten mir alles Gute, erschrocken fast und liefen weiter, ihrem nächsten zu Rettenden entgegen. Fast wurde mir vergnügt ums Herz, während die Tränen weiter liefen und liefen. Da hatte mich doch der Trennungsschmerz, der sichtbar gewordene, glatt vor einem Gespräch bewahrt, das ich so oder so hätte von mir weisen müssen. Ich übe noch immer daran, das auf freundliche Weise zu tun, denn auch diese sind ja menschliche Wesen, Brüder und Schwestern. Aber ich mag nun einmal nicht besprochen werden, unterwegs, und während ich meinem eigenen Weg versuche zu folgen. Ich habe keinen Bedarf, von einem einzigen Glauben überzeugt zu werden. Längst lebe ich ja meinen eigenen, der sich mir fügt, indem ich ihn lebe und weiter lebe, und den die Dogmatiker nicht wollen gelten lassen. Also habe ich es vor langer Zeit aufgegeben, den meinen mit ihnen zu diskutieren.

Ich erinnere mich an den Tag, als ich es versuchte. Die DDR war noch nicht lange untergegangen, da starteten sie einen Großangriff auf unsere Straße. Nachdem wir sie oft und oft abgewimmelt hatten, schon gewarnt aus den Medien, voller Angst vor dem Unbekannten, das nun unweigerlich aus allen Richtungen auf uns zu kommen würde, da beschlossen eine Nachbarin und ich eines Tages: „Jetzt stellen wir uns ihnen mal! Wir können doch nicht eine Sache von uns weisen, wenn wir sie nicht einmal angehört haben. Liegt dieser Fehler nicht gerade hinter uns? Ohne die Argumente der anderen Seite zu kennen, sie schon verteufelt zu haben. So wollen wir doch jetzt nicht mehr sein." Und so luden wir Den Göttlichen, wie wir ihn spontan tauften, an unseren Küchentisch, zwei Weiber und ein sehr viel jüngerer Mann. Wir wollten ihm zuhören, ihm das Unsrige entgegnen, wollten ihn und uns auf Herz und Nieren prüfen. Das Experiment dauerte einige Stunden, und ich weiß nicht, ob es gelang, misslang; wie soll man das sagen?! Ja, wir hörten zu, wir sprachen, wir diskutierten, stritten vielleicht auch. Letztendlich stritten wir um des Kaisers Bart. Denn er ließ sich nicht überzeugen, und wir uns auch nicht von ihm. Wohl nahmen wir Schriften entgegen, eine kostenlose Bibel auch. Wir leugneten ja gar nicht, dass dies´ Buch ein Schatz der Menschheit ist, dass es viel Weisheit und Lebensrichtung schenkt, denen, die seinen Worten folgen mögen. Auch wir waren ja gar nicht abgeneigt; wir wollten nur nicht manipuliert werden, vereinnahmt von einer Sache, nicht schon wieder.

Und wir sträubten uns schon damals gegen nur den einen Weg, der das Heil bringen sollte. Gab es denn nicht viele Wege, die zum selben Ziel führen würden? Gerade jetzt, wo Mauern gefallen, Grenzen offen waren, die wir vor kurzem noch für unverrückbar wie Felsen am Meer gehalten hatten. Obwohl – auch von der Steilküste auf der Insel Rügen an der Ostsee bröckelt ab und zu die Kreide. Also taugt auch dieses Bild nicht. Letzten Endes gibt es gar nichts, das für die Ewigkeit fest gefügt und ehern ist. Wobei ich das ummauerte Land schon dafür gehalten hatte. Das Land und seine Denkungsart.

Die „Göttlichen" können mich heute nicht mehr aus der Fassung bringen – schon gar nicht, wenn ein Tränenstrom mich vor ihnen verhüllt. Die Angst vor Manipulation und vor Vereinnahmung, sie ist geblieben. Wenn ich wirklich weise werden will, muss ich eines Tages sicherlich auch die noch überwinden. Aber nicht alles auf einmal. Sondern gleitend, in kleinen Schritten. Das Leben ist ein sanfter Lehrmeister. Sanft und unerbittlich zugleich. Ich bin bei einer Höheren Macht in Therapie, und die hat ihren eigenen Zeitplan.

So komme ich darauf, dass auch unsere Trennungszeit nicht zufällig kam. Wenn ich gekonnt hätte, dann hätte ich sie wohl verhindert. Aber ich konnte nicht. Sie ließ sich nicht verhindern. Und so stand ich heute Morgen auf, dankbar dafür, dass ich so gut schlafen konnte, trotz allem; und ich hörte auf dem Anrufbeantworter, der gar keine Anrufe jemals beantwortet, deine Stimme. Alles okay, du bist gerade gelandet (wann in dieser Nacht mag das gewesen sein?), wartest auf dein Gepäck, und es geht dir gut.

„Danke." sage ich im Stillen und setze die Kaffeemaschine in Gang.

Du bist in Dubai, und ich bin hier geblieben. Forsche nun in meiner Seele.

Mal sehen, wer von uns die weitere Reise unternimmt.

Donnerstag, 7. Oktober 2010 in Berlin

Was weiß ich eigentlich über Dubai? Nichts Selbst Erlebtes, nur Nachgelauschtes, Weitergeplappertes. Die Geschichte einer jungen Stewardess, in Quedlinburg geboren, die im Flugzeug einen Scheich kennenlernte, der ihr vom fliegenden Fleck weg — beinahe hätte ich „vom fliegenden Teppich weg" geschrieben — einen Heiratsantrag machte und sie mitnahm, nach Dubai, in die künstlich aus Geld und Gold geschaffene Wüstenstadt. Die Stewardess ließ es mit sich geschehen, sich heiraten und nach Dubai entführen. Aber ein Märchen aus Tausendundeiner Nacht ist das nicht geworden. Was ich zuletzt von diesen Beiden hörte — nunmehr Vieren, um genau zu sein, denn sie haben inzwischen Kinder, von Designern ausgestattet — klang eher nach modern scheiternder Ehe. Er — global unterwegs. Sie — gelangweilt, so ohne ihre Arbeit. Aber auch das ist natürlich alles Hörensagen; ich sollte es vielleicht gar nicht erst verbreiten. Ich tue es ja nur, um zu verstehen, woraus sich mein Klischee zusammensetzt.

Neulich saß ich in einer Buchhandlung und wälzte Reiseführer. Zunächst, um dir vielleicht einen zu kaufen. Dann aber nur für mich. Ich wollte etwas wissen, um dir irgendwie näher zu sein; auch jetzt, wo du „dort" bist und mir in deinen E-Mails schreibst, dass deine Liebe zu mir um den ganzen Globus reicht. Ich bin deine „Scheheratze", hast du mir versichert, als wir noch deinen Diwan hier zu Hause miteinander teilten. Scheheratze ist die Berliner Schwester der orientalischen Prinzessin Scheherezade; und sie ist außerdem verwandt mit „Schantarke", dem hauptstädtischen Äquivalent zu Jeanne D´Arc. Scheheratze und Schantarke sind mir beide sehr vertraut. Mir scheint, wir bewohnen alle ein und den selben Körper.

Dubai ist jedenfalls kein Ort, an den du oder ich jemals hin gewollt hätten. Um die vierzig Grad Celsius heiß ist es dort jetzt. Das würde eher mir gefallen als dir, der du sofort einschläfst bei Kaminwärme, zum Beispiel. Dein Hotel „Hilton Jumeirah" ist klimatisiert, ja. Wie spricht man das eigentlich aus, „Jumeirah"? Das habe ich mich schon beim Lesen des Reiseführers gefragt. Hier ist Berlin haben wir einen wundervollen Herbst mit allem Drum und Dran. Kastanien, Eicheln, bunte Blätter. Tagsüber um die zwölf Grad Celsius, wunderbar für lange Spaziergänge. Ich unternehme jeden Tag zwei, und ich habe das Gefühl, für alles, was ich tun will, ist gar nicht genug Zeit vorhanden. Ein Trugschluss, wie ich weiß. Für alles, was zu tun sich lohnt, ist immer mehr als genug Raum und Zeit vorhanden.

Auf großen Plakatwänden in der Stadt erscheint plötzlich die Titelzeile unseres Lieds. „Hinterm Horizont". „Hinterm Horizont geht´s weiter / Ein neuer Tag / Hinter dem Horizont immer weiter / Zusammen sind wir stark / Das mit uns geht so tief rein / Das kann nie zu Ende sein / Sowas Großes geht nicht einfach so vorbei..." Ist das nun ein Zufall, dass mich ausgerechnet jetzt diese

Überschriften anleuchten, jetzt, wo wir uns trennen mussten? Dieses Lied hat uns mal durch eine wilde Zeit getragen, als ich wohl deine Scheheratze war, mich aber wirklich nicht so fühlte – sondern vielmehr wie ein schwankendes Blatt im Winde, das jeden Moment abgerissen wird und auf Nimmerwiedersehen entschwindet. Jahre später, zwei Jahrzehnte später, wurde Udos Lied zu unserer Hochzeitsmelodie. Verrückt! Und jetzt erscheint sie mir, während Scheheratze allein die Stadt durchwandelt.

Scheheratze ist die, die sich hingibt. Die gern lose Gewänder trägt, die lächelt und sanft in die Lücken fließt. Wie lange ist es eigentlich schon so, dass ich mich deinen wechselnden und oft anstrengend zermürbenden Dienstplänen anpasse? Ich kann das, denn wir leben das Modell „Ein Vollberufler und eine Künstlerin". Gar nicht so selten in diesen Zeiten, wie ich neulich erfahren habe, dieses Modell. Scheheratze murrt nicht. Sie erfreut sich an jeder Minute, die sie in der Gegenwart des Liebsten verbringt, und sie gibt ihr Bestes, diese Minuten auf das Goldenste zu verschönern.

Schantarke ist da rebellischer. Sie ergreift die schwebende Schwester unter den Achseln, zieht sie mit sich fort und geht laut auf die Barrikaden: „Jetzt komm! Du musst auch an dich selbst denken! Vergaß nicht, wer du bist – ohne ihn, und vergaß deine eigene Berufung nicht." Es scheint, als hätte sie, die Aufrührerische, in diesen Tagen das Kommando übernommen. Sonst meldet sie sich nur in den Tagen vor den Tagen, jeden Monat einmal. Dann schlüpft sie ganz in meine Haut, lässt mich ein mürrisches, streitlustiges Gesicht ziehen und legt mir Worte der Beziehungsverbesserung in den Mund. Dann zettele ich Gespräche an, die von vorn herein auf Krawall gebürstet sind. Du, der du ja schon lange genug mit uns allen zusammen lebst, hast mittlerweile gelernt, einfühlsam mit uns zu sprechen dann – und im richtigen Moment ganz vorsichtig zu fragen: „Kann es sein? PMS?"

Es ist die Zeit der Schantarke. Und Scheheratze sieht ihr staunend dabei zu.

In meinem Alter sollte eine Frau überhaupt nie mehr mürrisch drein schauen, das wirkt einfach nicht gut. Auf der Stelle verformen sich die Züge zu etwas Teigigem; das habe ich auf Fotos schon bemerkt, die du während diverser Beziehungsverbesserungen von mir machtest, widerrechtlich machtest. „Sofort löschen!" forderte Schantarke dann. Eigentlich könnte man sie auch aufbewahren, schon zur Abschreckung. In meinem Alter sollte eine Frau allmählich gelernt haben, die Dinge des Lebens mit Humor zu betrachten. Ein einziges gütiges Lächeln aktiviert Gesichtsmuskeln, die ganze Hautpartien jugendlicher wirken lassen.

Ich weiß jetzt, warum es heißt, ab vierzig besitze jeder Mensch das Antlitz, das er, das sie verdient hat!

Aber hatte ich nicht eigentlich über Dubai schreiben wollen und davon, was ich darüber weiß?

Es ist heiß da, du als Skorpion vom Sternzeichen her bist dort, in der Wüste, bestens aufgehoben, auch wenn du dich gar nicht so fühlst. Oder fühlst du es längst? Was weiß denn ich. Also es ist heiß dort. Die ganz Reichen wohnen dort und fühlen sich in der extrem teuren Umgebung extrem wohl, sagt man. „Dein Mann wird dir Goldschmuck mitbringen!" verhieß mir gestern eine Freundin, und sie funkelte mich an dabei. Das rief nun wieder die Scheheratze auf den Plan. „Goldschmuck? Oh, ja! Diamonds are a girls best friends." „So ein Quatsch", schimpft Schantarke. Wozu brauchen wir noch mehr Goldschmuck. Wir tragen jeden Tag den selben: Den schönen breiten bombierten – und dadurch komfortabel zu tragenden – Ehering am linken Mittelfinger, den schmalen Verlobungsring mit dem edlen Steinchen am rechten Ringfinger. Ohrringe mit kleinen weißen Perlen, weil sie garantiert halten durch diese Klappverschlüsse, und weil man sie nicht spürt, so leicht, wie sie sind. Dazu immer die eine Halskette, die feine, als Anhängerchen die Dresdner Frauenkirche. Mehr Schmuck brauchen wir nicht. Schon diesen wenigen legen wir jeden Abend seufzend ab, als müssten wir uns schwerer Wackersteine entledigen. Am Morgen legen wir ihn rituell wieder an, ja. Meine Kraftkette, denke ich. Die Ohrläppchen schmücke ich. Und an jedem Tagesbeginn eine neue stille Hochzeit. Wenn ich die beiden Ringe überstreife. Als entschiede ich mich immer wieder für diesen besonderen Mann. Für dich.

Sollte dir etwas zustoßen, hast du gesagt... Also solltest du nicht wieder zu mir zurück kehren, dann soll ich nicht alleine bleiben. Das sei nicht dein Begehr. Ich sollte mich wieder verlieben, sollte mich einlassen, sollte die Liebe auch dann wieder an mich heranlassen, in Gestalt eines anderen Menschen, Mann oder Frau. Das wünschtest du für mich, hast du gesagt.

Scheheratze nickte und lächelte sanft, während sie auf Schleiern in pastelligen Farben sacht entschwebte.

Kettenrasselnd kehrte Schantarke zurück und baute sich schnaubend vor dir auf.

„Mach dir nichts vor, mein Lieber", funkelte sie dich an, „Stiehl dich nicht aus der Verantwortung! Hier geht es um dich. Um dich und dich und niemand anderen. Lass dir das gesagt und eingeprägt sein, ein für alle mal."

Hinter dem Horizont geht's weiter. Elf Uhr vormittags in Berlin, sechzehn Grad Celsius und trocken. Dreizehn Uhr in Dubai, einundvierzig Grad, Sonnenschein.

Du hast dein Sendestudio fertig gebaut. In der Suite Nummer 867 im „Hilton Jumeirah" in den arabischen Emiraten.

Und ich weiß immer noch nicht, wie ich „Jumeirah" eigentlich aussprechen soll.

Freitag, 8. Oktober 2010 in Berlin

Nach der Arbeit war ich in der Sauna gestern. Wohliges mich Ausstrecken auf wärmenden Brettern in der ewig heißen Höhle. Aus dem finnischen Nationalepos Kalevala weiß ich um die tiefere Bedeutung des Schwitzbades, des Aufgußdampfes. Schmerzen lindern, Geister beschwören, den Göttern näher sein. Ich weiß, ich weiß. Du brauchst keine Sauna. Du nimmst dir einfach ein Buch und Shorts, ein leichtes Tunikahemd, und dann ziehst du dich an den Pool des Privatstrandes vom Hilton Hotel zurück – das natürlich auch eine Sauna hat, wie auch sonst! Kühl klimatisiert, könntest du das Spa besuchen. Aber gestern zogst du die Natur vor. Wieviel Natürliches gibt es eigentlich noch dort, wo du bist?

Du schreibst mir von Schwanzvergleichen. Groß, größer, am größten. Wer hat das höchste Haus, die längste Yacht, die biggeste shopping mall. Eine künstliche Welt, die auf blendenden Schein ausgerichtet ist. Als du mir davon sprachst, dachte ich an die aufblasbaren Puppen in Erotikshops. Alles Überflüssige weggelassen, reduziert auf die primären Merkmale. Offener, vollippiger Mund, Riesenbrüste und ein Eingang. Wer Sex will, kann hier sein Bedürfnis befriedigen, wie wenn er rasch eine Currywurst verschlingt. Wer mit Geld protzen oder welches – zuviel davon – ausgeben will, hat in Dubai alle

---

wesentlichen Anlaufstellen dafür – und nichts, was ihn ablenkt. Ich bin ja gar nicht dort. Ich bilde mir ein Urteil nur von dem, was ich lese, höre, mir zusammenreime. Du wirst es später Korrektur lesen und mich zurechtweisen. Ich bitte sehr darum.

Aber sie hat offenbar auch etwas Gutes, diese künstlich geschaffene Welt. Das Bild, das um die Welt geht, vom größten, schönsten, glamourösesten Luxushotel „Atlantis" auf den palmenblattförmigen aufgeschütteten Inseln; jenes Bild besitzt eine freundliche Kehrseite. Der Sand, den sie für „The Palm" — so heißt die ganze Anlage — gebraucht haben, scheint aus einem riesigen künstlichen Yachthafen im Stadtteil „Marina" zu stammen, an dem mehr als vierzig Wolkenkratzer stehen. Zu ihren Füßen führt ein langer Uferspazierweg entlang, den du gestern beschritten hast, in Gedanken an mich, deine Stadtstreicherin. Es kann also gut sein, dass ich hier in der City zur selben Zeit einen meiner Gänge tat, als du über diese weit entfernte Flaniermeile schrittest. Außer dir kein Mensch. Ist klar, sie fahren ja in ihren größtmöglichen Autos oder ergehen sich in ihren feinstgekühlten Häusern.

Gibt es in Dubai eigentlich auch Jahreszeiten, so wie hier?

Ich kann tun und lassen, was ich will. Aber weißt du, ich möchte gar nicht tun und lassen, was ich will. Freiheit wird schal, wenn sie im Übermaß vorhanden ist. Ich kann so lange schlafen, wie ich mag, kann die Nächte zu Tagen machen, kann schreiben oder nicht, spazierengehen oder nicht, Menschen an mich heranlassen oder eben auch nicht. Aber das alles gefällt mir nur vorübergehend. Ja, ich versuche, zu genießen, dass ich zu mir komme, dass ich durchschnaufen und mich — auch von der Zweisamkeit — jetzt einmal erholen darf. Aber auf Dauer? Ich möchte so nicht leben, immerzu on my own. Ich möchte morgens dir in die Arme laufen, meine heiligen Arbeitszeiten zum Schein verteidigen müssen — denn du machst sie mir ja ohnehin nicht streitig. Ich liebe es, mich deinen Schichten anzupassen und Zeit zu schinden für uns beide — trotz angespannter Werktage. So gern lasse ich mich von deiner anderen Energie beleben, manchmal regelrecht aufmischen und in Ekstase versetzen. Du fehlst mir, mein Gefährte, wie ich es auch drehe und wende, und egal, wie tapfer wir diese Trennungszeit bestehen. Du fehlst hier. „Ich kann ohne dich leben, aber ich will nicht ohne dich leben." Dein Satz, vom Anfang unserer Liebe. Jetzt kann ich ihn dir zurück geben. Ich will nicht ohne dich. Auch, wenn ich könnte.

Ich habe unruhig geschlafen heute Nacht. Ich glaube, ich hatte Angst, aus diesem Text hier könnte nichts werden. Was wäre denn dann „etwas daraus werden"? Ich schreibe, und mehr kann ich sowieso nicht tun. Keiner setzt sich hin und schreibt Weltliteratur. Einen kontrollierten Bestseller. Autoren auf der ganzen Welt setzen sich hin, wieder und wieder, und schreiben, was sie schreiben, was ihnen einkommt. Das, was raus muss, was sie sagen wollen, was sie der Welt zu geben haben. Nicht mehr und nicht weniger. Auch in Dubai wird das so sein und nicht anders. (Lebt in Dubai ein Schriftsteller? Und hat er das dickste, größte, längste Buch der Welt im Sinn, wenn er sich an sein Schreibgerät setzt, wieder und wieder, jeden Morgen, so wie ich hier in Berlin?)

Stell dir mal vor, uns hätte jemand geflüstert, dass wir uns eines Tages über Dubai unterhalten werden; dass du sogar dort hin reist – und noch an viele andere Plätze in der Welt! Gut, ich hatte zwar neben meinem Russisch auch viele Jahre Englisch, in der Schule, während meines Studiums, danach auch noch, als Konversationslehrgang im Rundfunk der DDR. Las mich rechnen...— es müssen insgesamt so um die fünfzehn Jahre gewesen sein, am Ende war ich richtig gut. Russisch fließend, Englisch ebenso. Und doch hätte ich niemals geglaubt, dass ich die globale Sprache jemals würde anwenden müssen. Tschechisch vielleicht. Ungarisch, ja, okay. Die ungarischen Zahlen gehen mir immer noch über die Lippen, ich könnte sie dir jetzt sagen, nur aufschreiben geht nicht. Ich weiß ja nicht, wie man das schreibt. Edy, kettö, harom, nedy, öt, hot, het, njolz, killenz, disz. Ich werde es nachher googeln. Googeln hilft immer. Da muss ich nicht mehr selber denken. Oder finde ich sogar noch ein ungarisches Wörterbuch, irgendwo auf unseren voll gestapelten Bücherregalen? Nein, eben habe ich nachgesehen. Keine Chance. Dänisch habe ich, wegen unserer Nordseeurlaube im Häuschen zwischen den Dünen. Wie entspannend das gewesen ist. Tschechisch habe ich und slowakisch. Russisch und Englisch, klar. Aber Ungarisch nicht. Ich höre uns noch deklamieren, auf der langen Fahrt von Ilmenau nach Komarom, wie wir diese Zahlenreihe übten. Und darüber hinaus: diszon-edy, diszon-kettö, diszon-harom... — elf, zwölf, dreizehn und so weiter. Liebe Ungarn, bitte verzeiht mir, wenn ich Eure Worte falsch geschrieben habe. Ich googelte noch nicht!

Wie kam ich jetzt auf das Ungarische?

Ach so, weil ich darüber schwadronierte, dass es dir und mir nicht gesungen ward, dass wir dereinst unser Englisch sehr wohl würden anwenden müssen, anlässlich echter Reisen in echte Länder auf der ganzen Welt.

„Gibt es hier eigentlich auch mal Frühstück?" Ich bin soeben zusammengezuckt, denn ein Wesen schlurfte zu mir in die Küche, reichlich zerzaust und verschlafen. Im Bademantel nahm sie Platz mir gegenüber, genau dort, wo du sonst sitzt und mich so ansiehst, wie ich es manchmal gar nicht aushalte. Ich reibe mir die Augen, aber sie ist es wirklich. Schantarke, wie sie leibt und lebt und gähnt. „Scheheratze kommt auch gleich. Sie sucht noch ihr Gewand für den Tag aus. Du kennst sie ja."

Ich bin nicht mehr allein zu Haus, mein Schatz. Jetzt habe ich Gäste. Ich muss mich um die Mädels kümmern. Bis morgen und in Liebe. Die Deine.

PS: Die ungarischen Zahlen habe ich übrigens fast richtig geschrieben! Korrekt muss es so heißen: egy, kettö, harom, negy, öt, hat, het, nyolc, killenc, tiz. Danke, liebe Suchmaschine im Internet. Was haben wir nur gemacht, wie recherchiert, als wir dich noch nicht hatten?!

Sonnabend, 9. Oktober 2010 in Berlin

Wochenende ist nur im Kopf. „Vor mir liegt ein langes, endlos-einsames Wochenende." Wenn ich so denke, treibe ich mich selbst direkt in den Trübsinn, und davor bewahren mich schon meine beiden Mitbewohnerinnen.

„Mach doch mal die Kerzen an." forderte Scheheratze gleich am Morgen. Und so tat ich. Die Stilvolle achtet auf Atmosphäre. Recht so. Während wir so saßen und zusammen frühstückten, hub ich an: „Mädels, wir müssen ein paar Dinge klären." Aufmerksam betrachteten sie mich, mit wachsamem Blick die eine, milde lächelnd die andere. „Der Vormittag ist meine Zeit, da möchte ich nicht gestört werden." Heilige Schreibstunden. Das mussten sie einfach wissen. Sie nickten. Offenbar verstanden sie, was ich meinte.

„Ich bin nicht die begnadete Gastgeberin vor dem Herrn." war das nächste, was ich ihnen mitteilte. Sie sahen einander amüsiert an. „Du bist nicht – heißt: Du willst nicht." sagte Schantarke. Als ich tief Luft holte, um zu antworten, ließ sie mich gar nicht erst zu Wort kommen. „Schon gut. Keine kann alles können oder wollen. Und mir ist schon klar, dass zu allen Zeiten Künstlerin sein eine Herausforderung darstellte. Die Frauenrollen und so. Also wir helfen dir schon. Mach dir keine Sorgen. Ich kaufe sogar gern ein. Wo sonst kann man hier und heute noch so richtig auf die Barrikaden gehen wie in einem Supermarkt." Ansichtssache, dachte ich. Aber ich sah ihre Augen leuchten und freute mich, eine Einkäuferin zu haben. Wofür sich die dritte in unserem Weiberbunde zuständig fühlte, das musste ich gar nicht erst fragen. Längst streiften Scheheratzes Blicke über Wände, Lichter, Möbel; und mir war, als hätte sie eine Menge Ideen für die Umgestaltung dieser Wohnung. „Ich lasse dich machen." sagte ich zu ihr. „Hauptsache, ich darf bis Mittag allein sein, allein mit mir und der Inspiration. Denn es klingt seltsam, ist aber wahr: Nur morgens und vormittags sind die Kanäle zur anderen Welt für mich offen. Danach schließen sie sich wieder. Und je weiter der Tag voran schreitet, um so kleiner wird der Fokus, wie bei einem dieser alten Fotoapparate, wo eine Linse (heißt das so?) sich nach dem Schnappschuss wieder verengte. So wird auch mein Okular, wenn ich das einmal so sagen darf, kleiner und kleiner; und wenn es erst dunkel geworden ist, dann denke ich am besten überhaupt nicht mehr. Es ist mein Rhythmus, damit lebe ich schon jahrelang. Inzwischen macht es mir auch nichts mehr aus, wenn etwas in mir dadurch des abends, nachts an allem zweifeln möchte: ‚Wie peinlich! Traust du dich wirklich, solche albernen Dinge zu schreiben?!' Aus Erfahrung zucke ich nun darob die Schultern — ‚ja, ja, ich weiß, ich kenne dich und las dich reden' — nehme das Geplapper hin und freue mich schon auf den nächsten Morgen, wenn ich wieder *Zugang* habe.

Und darum sind mir diese besonderen Stunden auch so wichtig. Kostbar, heilig, wie ihr wollt. Jedenfalls muss ich dann ungestört sein, wenn es neue Bücher geben soll."

Die Art, wie sie mich ansahen, zeigte mir, sie hatten voll und ganz verstanden. Genau wie du, mein Herzensmann, mich auch verstehst; ohne, dass ich viel dazu sagen muss. In jedem Hotelzimmer, das wir miteinander beziehen, rückst du mir einen Schreibtisch ans Fenster. Holst mir von irgendwo am Morgen einen Kaffee, schirmst mich ab, damit ich zuerst Tagebuch schreiben kann. Dir muss ich nicht erzählen, wie unabdingbar das für mich ist. Danach bin ich zu allem bereit. Zu fast allem.

Ein Wochenende ohne dich. Ein ganzes Wochenende.

„Hallo, wohin driftest du denn ab?" fragt mich Schantarke da. „Geht es dir gut?"

„Ja, ja, schon klar. Ich dachte nur an ihn. Dort in Dubai treffen heute seine Kollegen ein, und am Montag geht die Arbeit richtig los. Ich hatte lange, lange kein volles Wochenende ohne ihn."

„Wochenende ist nur im Kopf." sagt Scheheratze. „Wir könnten in die Stadt fahren und schöne Kleider anschauen." „Nur anschauen geht nicht." sagte ich ihr, „Das ist so ähnlich, wie wenn ein Alkoholiker in eine Kneipe geht und nur eine Brause trinken will. Am Ende bestellt er sich doch wieder ein Bier." „Na und!" schürzt die Schöne beleidigt ihre Lippen: „Gönn dir doch auch mal was. Indische Stöffchen sind kein Schnaps, du wirst nicht besoffen davon und siehst obendrein ganz zauberhaft aus, wenn du sie trägst. Sie sind doch wie für dich gemacht." Ich denke an all die Sachen, die sich schon in meinen Schränken stapeln und muss grinsen. „Aber zuerst mein Pensum schreiben. Andernfalls gehe ich nicht aus dem Haus."

Wir verteilen noch kurz die Zimmer, unsere Schlafplätze für die nächste Zeit. Scheheratze hat aus dem Raum unserer Tochter ohnehin schon ein kleines Boudoir gemacht. Weiche Stoffe in Pastellfarben verhüllen das Hochbett. Es duftet nach Vanilleräucherstäbchen, und aufgeklappt liegt ein Büchlein mit Meditationstexten und Zitaten zum Nachsinnen zwischen dicken gelblichen Kerzen. „Lass dich nicht unterkriegen. Sei frech und wild und wunderbar!" ruft uns heute die Schriftstellerin Astrid Lindgren zu. Das passt.

Schantarke bekommt das Zimmer unseres Sohnes. Von da aus kann sie gut die Bauarbeiten an der S-Bahn beobachten. Während der nächsten Tage soll die große Brücke über die schon fertig verlegten Gleise geschoben werden, das möchte sie auf gar keinen Fall verpassen, da legt sie eine Nachtschicht ein und hat den Ledersessel dafür schon in Position gebracht.

So wird es gehen mit uns dreien. Wir werden es schon schaffen. Es ist seltsam: Ich mag alleine sein und trotzdem unter Menschen. Eine Balanceübung. Wie so vieles im Leben.

Sonntag, 10. Oktober 2010 in Berlin

Mein Liebster. Du würdest lachen, deinen Kopf schütteln, wenn du mich hier sitzen sehen könntest. Ich schreibe noch immer am Küchentisch und sitze mit meinen Stuhl an jener Stelle, wo das Linoleum einen kleinen Riss aufweist. Das Stuhlbein ist schmal und aus Metall. Ich bekomme jedes Mal ein schlechtes Gewissen, wenn ich damit jene wunde Stelle im Fußbodenbelag ein Stück weiter aufreiße. Und so habe ich mir und den Dingen geholfen, wie es meine Großmutter vielleicht getan hätte, die eine Heldin der Provisorien gewesen ist. Ich legte ein dickes Hochglanzmagazin unter das Stuhlbein und schaffte somit eine Polsterung. Je mehr ich mit dem Hintern bei der Arbeit herum rutsche, desto größer ist nun die Wahrscheinlichkeit, dass sich die Seiten des Journals unter mir und dem Stuhlbein winden und verschieben. Aber es „giekelt" kein Stahl mehr in die offene Stelle, und bis auf Weiteres wird sie in ihrem Status Quo erhalten. Eines Tages schreibe ich dir einfach ein „Support Ticket", einen Reparaturwunsch für den Küchenfußboden, und dann schaffst du sicher Abhilfe. It´s so nice to have an man around the house. Es ist so angenehm, einen Mann im und ums Haus herum zu haben. Nach diesem Cha-Cha-Cha haben wir dereinst so schön getanzt, weißt du noch? Na klar weißt du. Wie könnte man so etwas vergessen. Jetzt ist kein Mann in meinem Haus, und gestern verschaffte ich mir ein Erfolgserlebnis damit, daß ich einen verklemmten Nagel aus dem beweglichen Aschesieb im Kaminofen entfernte. Auch da sah ich dich vor mir, wie du die Hände über dem Kopf zusammenschlugst, in gespieltem Entsetzen. Ich ging ja wild entschlossen mit einem rosaroten Gummihandschuh und deinem Schraubendreher ans Werk. Und du erzitterst schon, wenn ich ein Hämmerchen und Nägel zücke, um ein Bild anzuhängen! A propos... Das große Plakat „Die Erde, vom Weltraum aus fotografiert", habe ich auch an die Wand im Arbeitszimmer drapiert, um immer, wenn mir danach ist, mit dem Finger die Entfernung von dir zu mir — wenigstens geografisch— „nachmessen" zu können. Im Herzen sind es ja keine 4600 Kilometer, da fühle ich mich dir ganz nah, denn meine Liebe hast du hier gelassen, die flog nicht mit dir an den Persischen Golf. Also, das Bild des Globus tröstet mich. „Das ist schief!" hörte ich dich anmerken, als ich es sorgfältig anbrachte und dabei fast mit dem Kippeltisch umgefallen wäre. (Das fehlte noch! Ein Haushaltsunfall, während du nicht da bist. Ich sehe mich schon da liegen, und keiner findet mich. Das sind auch solche Fragen, wie sie nur einer Strohwitwe oder einem Single kommen können, nicht wahr! Ich liege da, verschmachte langsam, und keiner findet mich. Kein Hahn kräht nach mir.) Das ist schief, hörte ich dich also mein Werk kritisieren. Und das ist immer schief, egal, wie sehr ich auch mein Augenmaß bemühe. Mein Augenmaß *ist* eben schief. Vielleicht, weil ich meinen Kopf gern schräg halte – Zeichen der Aufmerksamkeit, des Zuhörens, immer auf Empfang.

Schief oder nicht, da hängt es, das Plakat, und wenn du wieder zu Hause sein wirst — dreizehn Tage noch — dann kannst du es ja gern begradigen. Ist so nice to have **you**, my man, around the house! Und nicht nur für die handwerklichen Dinge, beileibe nicht.

Ich fühle mich nicht schön ohne dich. Auf einmal bin ich verletzlicher, empfindlicher gegen Worte und Sätze und Blicke. Dein Blick fehlt, der mich in Sicherheit wiegt. Scheheratze möchte gespiegelt werden, sonst kennt sie sich nicht mehr.

„Du gibt's dir keine Mühe." habe ich gestern jemanden über meine grauen Strähnen sagen hören, und sicherlich hat sie es nicht böse gemeint. Ich kenne kaum jemanden, der sich mehr Mühe als ich gibt, hätte ich gern zwölf Stunden später geantwortet, als ich endlich „schlagfertig" war. Ich laufe stundenlang zu Fuß, ich ernähre mich vernünftig, ich übe Yoga – und zwar alle Bestandteile davon, Posen, Atemtechniken, die Philosophie; die gesamte tiefe Wissenschaft und nicht nur einen gymnastischen Abklatsch davon. Ich rauche nicht, ich trinke keinen Alkohol, ich achte gut auf mich. Nur meine Haare färbe ich halt nicht; auch, weil ich keine Giftstoffe im Körper haben möchte. Und da fehlt mir nun deine Bestätigung, mein Schatz. Was ich sonst nie tue: Ich stehe scheelen Blicks vor unserem Spiegel, lasse die Mähne durch die Finger gleiten und weiß nicht mehr recht, was ich davon nun halten soll.

„Du bist schön. Ich liebe dich." So sollte ich mich jeden Morgen anlächeln. Und bin doch

Mensch. Und schaffe das nicht immer. Ich kann nur üben und üben und abermals üben. Also ab vor den Spiegel. Tief Luft holen, Lefzen hoch ziehen. Hinter mir steht Scheratze und feuert mich an: „Nun los. Du kannst es. Und ich sage es dir auch: Du bist schön. Aus dir strahlt die andere Kraft. Ich liebe dich. Jetzt du." So übten wir gemeinsam, bis ich lachen musste. „Nun reicht es aber. Komm frühstücken. Weißt du eigentlich, woher der Begriff Strohwitwe stammt?"

„Na, ganz bestimmt nicht von der Konsistenz deiner dreifarbigen Haare, meine Gute."

„Ich frage ja nur, weil sie sich im Internet auch nicht einigen können. Da ist die Rede von der früheren Entjungferung im Freien, die entweder auf Gras oder auf Stroh stattfand. Solche Frauen durften später bei ihrer Hochzeit keinen Myrtenkranz tragen, sondern nur einen Strohkranz. Folgerichtig nannte man sie dann ‚Strohbraut' oder ‚Grasbraut'. Aber Witwe? Was hat das denn mit meiner Witwenschaft auf Zeit zu tun?"

Scheratze grübelte und man sah eine Denkfalte auf ihrer sonst so makellos glatten Stirn.

„Vielleicht kommt es vom selben Sinn wie ‚Strohfeuer'," sinnierte sie, „solch ein Brand flammt kurz und heftig auf, um dann schnell zu verglühen. Wie deine Gefühle jetzt, ohne ihn.

Kurz und heftig ist die Sehnsucht, und dann wird er schon wieder bei dir sein. Daher Strohwitwe. Du fühlst die Widerstände gegen die Trennung, das Nicht-Loslassen-Wollen und dann doch Müssen; die Trauer, die Euphorie des

Alleinseins, das Ziehen in der Herzgegend, die Geduld und die Vorfreude auf seine Rückkehr, alles sozusagen im Schnelldurchlauf. Ganz anders als bei einer richtigen Witwe, die sich alle Zeit der Welt lassen muss für den Verarbeitungsprozess des Verlustes, so oder so. Schwerer oder leichter."

„Mädchen, du bist nicht nur schön, sondern auch klug." Ich umarmte meine orientalische Schwester. Sie zupfte mir etwas aus den langen Locken, die mir nun wieder ganz einzigartig und verführerisch vorkamen. Was war das denn? Beinahe schien mir, es sei ein Hälmchen Stroh gewesen, trockenes, trockenes Sommergras...

Montag, 11. Oktober 2010 in Berlin

Ich bin eine stille, unaufgeregte, sehr disziplinierte Autorin. Ich raufe mir nicht das Haar, mache nicht die Nacht zum Tage – außer, das Grübeln ereilt mich oder Gespensterbefall aus meiner eigenen Seele, verschließe mich nicht vor der Welt, um tagelang verzweifelt auf ein weißes Blatt Papier zu starren. Nein, ich lebe einen Rhythmus. Aufstehen, mein Reinigungsritual durchführen (Tagebuch schreiben, Meditationstext lesen und darüber sinnieren, während ich ein paar Yoga-Übungen tue), in die Küche wechseln, Tee kochen, mein Pensum schreiben. Danach nicht mehr drüber nachdenken bis zum nächsten Morgen, wenn der Kanal nach „drüben" wieder offen sein wird – und den Rest des Tages etwas anderes üben. Spazierengehen, Freunde treffen, ein Kind in mein Herz lassen und mit ihm lauter Blödsinn machen. Je nachdem. Einen Krimi im Fernsehen gucken oder Gruselgeschichten lesen. Eine Gruppe von Menschen besuchen, die Erfahrung, Kraft und Hoffnung miteinander teilen, telefonieren und E-Mails schreiben, empfangen.

Du, mein Schatz, sagst mir nun aus dem fernen Dubai, erstmalig kenntest du die erlösende Wirkung eines Schreibens. Du verfasst lange Texte an alle oder nur an mich. Und dabei stellst du fest, wie dich das erleichtert. Ich weiß es ja. Und hätte es dir anempfohlen, wenn ich diese

Macht besäße. Aber wir Menschlichen können einander nur Vorbilder sein, keine Rat-Schläger. Ratschläge sind auch Schläge, ich kann diesen nur allzu wahren Gedanken nicht oft genug wiederholen. „Schreib es dir doch von der Seele." Niemand wird das tun, wenn er oder sie dazu nicht bereit ist. Ich tue es, schon so lange, ach, so lange (bin ich damit nicht sogar schon auf die Welt gekommen?!), aber jemand anderer entscheidet für sich selbst. Und bei dir ist nun der Zeitpunkt da, den ich dir nie im Leben hätte diktieren können oder dürfen.

Ich freue mich. Ich freue mich, dass es dir so gut geht auf deiner Reise, und ich weiß, ich habe das nicht „gemacht". Schon oft wollte ich helfen und für jemanden da sein und ihm, ihr „das Richtige" geben, jedoch: Ich kann es nicht. Ich habe keine Ahnung, was für jemand anderen „das Richtige" ist, und oft dauert es sehr lange, bis diese Weisheit wirklich bei mir ankommt. Ich als kleines Menschenkind bin nicht befugt dazu, Gottes Arbeit zu erledigen. Ich kann nur ein Beispiel sein. Dazu muss ich schon *bei mir* bleiben, gut zu mir selbst sein und für mich sorgen. Ohne Kontrolle darüber, wann irgend etwas davon bei wem und wieso gerade jetzt ankommt oder auch nicht ankommt. Immer wieder loslassen. Meine Zuständigkeit möglichst nicht überschreiten. Klingt das etwa theoretisch? Also, für mich ist es tägliche, gelebte Praxis.

„Mach es doch so wie ich, dann funktioniert es schon." Verführerischer Gedanke, aber so klappt es eben nicht. Aushalten, dass jeder Mensch einzigartig ist, eine ganz neue Mischung aus so vielem. Ein völlig origineller Versuch der Mächte, sich auf der Erde auszudrücken. Somit hat auch

jeder ganz eigene Gaben und Wesenszüge mitgebracht, die ihm dabei helfen, „seins" zu
meistern – und das müssen absolut nicht meine
Mittel und Wege sein. „Einer von meiner Sorte
reicht schon." sagt ein Freund gern und oft. Ja. So
ist es. Ein anderer darf – und muss vielleicht
sogar – es ganz anders machen als ich, und es ist
für ihn, sie, genau richtig so.

Das war ja eigentlich klar, dass Schantarke bei
diesem Thema auftauchen muss. Schon sitzt sie
vor mir, dehnt und streckt sich und sieht mut-
willig aus.

„Es geht um Ehrlichkeit, stimmt es?" zeigt sie
sich diskussionslustig. „Um Ehrlichkeit zu dir und
anderen. Dazu kann ich dir was sagen."

„Das habe ich nicht anders erwartet." sage ich,
halte beim Schreiben inne und sehe ihr zu, wie sie
mit den Fingern durch ihre in alle Richtungen
sturzelnden Haare fährt.

„Also, pass auf", belehrt sie mich, ohne mich zu
verletzen, „Es ist doch so: Im Grunde hast du gar
keine Wahl. Du hattest sie vielleicht früher, als du
dir noch selbst etwas vormachen konntest. Aber
heute weißt du doch schon mittendrin in einer
Lebenslage, wie sie sich rächt, wenn du später –
und der Moment kommt unweigerlich – allein
mit dir im Dunkeln in deinem Bettchen liegst.
Also ist es klar: Wenn du dir selber eine gute
Freundin sein willst, musst du ehrlich sein,
authentisch; dann darfst du gar nicht um den Brei
herumreden, dann musst du einfach Farbe beken-
nen, damit du dich selber lieb hast. Darum dreht
sich doch am Ende alles, nicht wahr?!"

„Trotzdem, liebste Schantarke", wagte ich einzuwenden, „trotzdem klingt das alles noch zu theoretisch. Findest du nicht auch? Ich stelle mir vor, ich bringe diesen Abschnitt während einer Lesung zu Gehör. Dann schaue ich auf und erblicke ratlose Gesichter. Mag ja sein, dass sie recht hat, lese ich in den Gesichtern. Aber was, um alles in der Welt, meint sie bloß damit?

Welche Situation hatte sie im Hinterkopf, als sie das schrieb?"

„Muss das wirklich sein?" fragt Schantarke, und in ihren gelbgrünen, blitzenden Augen liegt pure Provokation. „Es gibt doch ganz viele Situationen, auf die das passt. Musst du den Leuten denn wirklich das Denken abnehmen? Jeder hat die Freiheit, beim Hören in sich zu gehen – oder danach, inspiriert vom Gehörten – und das eigene Leben anzuschauen. Ob es der aufgeschobene Konflikt mit dem Chef ist, das lange fällige Gespräch mit dem Liebsten oder einer Freundin; da gibt es eine ganze Vielfalt von Möglichkeiten, und jeder kann bei sich selbst gucken. Finde ich. Falls er das will."

„Ich kam darauf, weil er jetzt schreibt, und weil er es keineswegs getan hat, als *ich* ihm das angeraten habe." erinnere ich mich.

„Und genauso kannst du es auf jeden Moment deines Lebens anwenden. Ehrlich sein, zu sich selbst und zu anderen. Aber du kannst es von anderen nicht fordern: ‚Sei ehrlich! Sofort!‘ Damit erreichst du nur das Gegenteil. Alles, was wir tun können, ist selbst ein Beispiel für Ehrlichkeit geben. Für alles andere übrigens auch, das wir in die Welt bringen wollen. Anteilnahme, Liebe, das rechte Geben und Schenken. Nimm, was du willst. Du kannst dich nicht vor andere Menschen hinstellen und mit dem Fuß aufstampfen: ‚Tu es! Sei mitfühlend. Liebe mich gefälligst.' Du musst es selbst praktizieren, wenn du es haben oder in die Welt bringen willst. Es geht nicht anders."

„Jetzt kann ich nicht mehr." sage ich. „So große Wahrheiten, und ich bin nur ein kleines Menschenkind."

„Kein Problem." Schantarke gähnt und streckt sich wieder. „Wie war dein Wochenende?"

„Schön. Mich hat jemand gefragt, welche Autoren eigentlich *mich* inspirieren."

„Und – welche sind es?"

„Zuerst habe ich geantwortet: Das wechselt. Es sind eigentlich immer andere. Zur Zeit Deepak Chopra, ein indischer Arzt und Schriftsteller, der mir beim Wachsen hilft und mir vorm Einschlafen gute Gedanken schenkt. Aber die Frage hatte eine Langzeitwirkung. Beim nächsten Spaziergang fügte ich schon hinzu: Die DDR-Autorinnen meiner Kindheit und Jugendzeit. Christa Wolf, Brigitte Reimann, Gisela Steineckert, Helga Königsdorf. Maxi Wander, sie auf jeden Fall. Und Eva Strittmatter. Durch sie erfuhr ich die Poesie und die Tiefe in jedem einzelnen Augenblick meines weiblichen Lebens. Nichts war banal oder unwichtig, wenn sie es mir beschrieben. So wollte ich das Kostbare in jedem Tag auch bewahren, genau so wie sie und doch auf meine eigene, unverwechselbare Weise."

„Das tust du." sagt Schantarke. „Wieso willst du immer etwas anderes erreichen?"

„Du meinst Fiktion?!" sage ich. „Die Grenzen sind sowieso fließend. Ich kümmere mich alsbald nicht mehr um Etiketten. Geschrieben wird, was dran ist. So wie auch gelebt wird, was dran ist und nichts anderes."

„Du brauchst nicht zu bewerten: Das ist wertvolle Literatur, das nicht. Darin kann ich dich nur bestärken." nickt Schantarke mir zu.

„Bücher haben mir immer leben geholfen." sage ich. „Und damit meine ich nicht die enge Sparte ‚Lebenshilfebücher', die ich so vor dem Mauerfall sowieso nicht kannte. Nein, für mich war der Robinson Crusoe meiner Kinder-Bettdecken-Leselampentage genauso ‚Lebenshilfe' wie die griechischen Heldensagen oder später ‚Der Weg des Künstlers' der Amerikanerin Julia Cameron. Und jetzt, wo ich wieder Christa Wolf lese, weist ausgerechnet sie mir in ihrem neuesten Buch den Weg zu einer buddhistischen Nonne, die gerade Deepak Chopra auf meinem Kopfkissen ablöst. Mich finden immer die richtigen Bücher zur richtigen Zeit. Das habe ich früher schon geschrieben, und so ist es auch heute noch."

„Und wieso hast du dann nicht das Zutrauen, dass es für andere Menschen genauso ist? Mit den Büchern, mit den Zeichen des Lebens, mit ihren eigenen Herausforderungen?"

„Habe ich ja, Schantarke." sage ich. „Mehr und mehr habe ich das."

„Wirf den Rucksack ab, meine Kleine." Ich hätte nicht gedacht, dass die Aufrührerische so gefühlvoll sein kann. „Du bist nur für dich verantwortlich. Alles andere strahlt aus, fügt sich von selbst, wird an Höherer Stelle entschieden. Glaub mir, es ist so. Und du bist nicht egoistisch deswegen. Keine Sorge. Keine Angst."

Wir beginnen den Tag, diese neue Woche.

In Dubai starten heute die Sendungen aus deinem wunderbaren Studio, das du in die Suite Nummer 867 gebaut hast. Wie ich dich dafür bewundere, dass du das kannst und tust.

In Berlin, hier, wo ich bin, gehe ich jetzt ins Nebenzimmer, die Welt verändern. Ich rolle meine Yoga-Matte aus und fange an zu üben. Wenn ich immer wieder zu mir zurückkehre und bei mir beginne, dann stehen die Chancen gut, die Erde ein Stück freundlicher zu gestalten.

„Ich komme mit." beschließt Schantarke.

„Die Yoga-Matte ist die Barrikade der heutigen Zeit."

Schon wieder etwas zum Nach-Denken.

Ich liebe das Leben, und das Leben liebt mich zurück. Ich danke dafür.

Dienstag, 12. Oktober 2010 in Berlin

Mein Schatz, das macht es mir schwerer statt leichter, aus dieser Zeit des Alleinseins das Beste für mich zu gestalten, wenn ich abends nach Hause komme, und du bist auf dem Anrufbeantworter des Telefons. „Ich wollte so gern noch deine Stimme hören." sagst du da aus der Konserve. „Aber nun hörte ich sie ja wenigstens in der Ansage zum Tonband. Jetzt gehe ich ins Bett, ich bin so müde nach der Arbeit und dem anschließenden sightseeing-Trip zum Burj Khalifa, dem über 828 Meter hohen, höchsten Turm der Welt." Von diesem schwindelerregenden Bauwerk habe ich schon gehört. In seinem Gerüst wurde Stahl aus dem Palast der Republik verwendet. So ist auf Umwegen dieses versunkene Land, das mein Heimatland war, doch noch stückchenweise zur „größten DDR der Welt" und irgendwie auch zur „Speerspitze des Sozialismus" geworden! Aber das nur nebenbei. Weiter zu deiner Stimme aus dem seelenlosen Kasten.

„Bei dir ist es noch früh, bei mir schon spät. Du kannst mich dann nicht mehr erreichen. Gute Nacht, ich liebe dich." Da saß ich dann. Traurig und ratlos. Das hatten wir doch nicht mehr machen wollen, oder?! Dass ich mir von dir, so viele Tausende Kilometer entfernt, meinen Tag bestimmen lasse. Es ist die Quadratur des Krei-

---

ses, gleichzeitig gut für mich zu sorgen und es allen anderen – vor allem dir – rechtmachen zu wollen.

Und doch gibt es diesen Teil in mir, der zerrt und zieht, mich unter solchen Druck setzt, dass ich des nachts nicht schlafen kann und meine Linnen durchschwitze. Ich hatte etwas für mich tun wollen in den nächsten Tagen. Muss ich statt dessen nun das Telefon bewachen, mich mit „meiner Stimme" in Bereitschaft halten, damit du so fern, so fern getröstet bist?

Nachher werde ich versuchen, dir all das liebevoll in einer E-Mail zu erzählen, und wir werden eine Lösung finden. Im Moment – und heute Nacht – verfluche, verfluchte ich das Telefon mit der Berliner Nummer, das es uns so leicht macht, über den halben Globus miteinander zu kommunizieren. Fort sein – und doch nicht fort sein. Das macht die Sache schwerer statt leichter: Wenn du *dort* berechnest, was ich jetzt gewöhnlich *hier* zu tun pflege, wann ich normalerweise nach Hause komme; und wenn ich nun aber *etwas* dringend anders machen möchte als sonst, wenn du da bist oder zumindest bald zum Feierabend eintriffst.

Ich werde mich niemals frei fühlen am langen Band der Kontrolle, die du ja sicherlich gar nicht ausüben willst. Habe ich die Kraft, dieses Gängelband zu zerreißen und damit das Risiko einzugehen, die Erwartungen eines anderen nicht zu erfüllen? Ich möchte den Kreis quadratieren (quadrieren?), klar, ich bin ja eine Frau. Zu allen Zeiten haben wir Weiber Ähnliches versucht. Unser Herz zu zerteilen zwischen Liebe, Verantwortung, Leidenschaft für eine Kunst, eine eigene Berufung. Das Problem sind die Gefühle. Ich glaube beobachtet zu haben, dass du, dass Männer sich solche Qualen nicht zumuten. Sie tun einfach, und scheren sich kaum um den Rest. Das würde ich auch gern können. Aber egal, wie lange ich schon übe; dieser eine, ewige Teil von mir will alles in eine Balance bringen, alles im Blick haben, die Interessen aller Sippenmitglieder ausgleichen. Ich muss aufpassen, dass ich dabei *ganz* bleibe!

Es liegt schon ein Wagnis darin, wenn Eine ihren besten Freund geheiratet hat. Verreist er, sind sie **beide** weg, der Liebste UND der Freund. Keiner sagt „Tatzelwurm" zu mir, und niemand hört sich meine Tagesinventur an, Abend für Abend auf unserer Friedhofsrunde, eine Stunde Spaziergang um das große grüne Areal. Wir laufen Hand in Hand, unsere Blicke in die selbe Richtung gewandt, auf der selben Strecke. Das Nebeneinander kann unmöglich Konfrontation schaffen – im Unterschied zum Gegenüber. Man läuft Seite an Seite einen Weg und spricht sich frei. Auch, dass es immer der selbe Weg ist, scheint zu helfen und wohl zu tun. Wir brauchen nicht zu beratschlagen „Hier entlang? Oder lieber dort entlang?". Wir gehen einfach wie immer, ohne darüber nachzudenken, und wir konzentrieren uns auf das Gespräch. Das tut gut. Ich kann nicht sagen, was es schon für unsere Liebe tat. Auch diesen Satz habe ich schon einmal geschrieben, in einem meiner Bücher. Jetzt streiche ich auch allein durch die Stadt, keine Frage. So kam es ja, dass ich gestern Abend nicht da war! Nach einem Treffen mit Freunden brauchte ich noch eine kleine Wanderung, und ich atmete die frische kalte Luft tief ein, brachte so meine aufgewühlten Gedanken zur Ruhe.

Gestern lag zum ersten Mal Winter in der Berliner Atmosphäre. „Scharfe Luft", hätte meine Oma dazu gesagt. Ich sichte die Pullover und ziehe Unterhemden an. Du sitzt derweil am Pool des Hilton und versuchst, der gleißenden Sonne bei vierzig Grad Celsius zu entgehen. Verrückt. Ich kann mir diesen krassen Gegensatz nicht vorstellen. Dort, wo du jetzt bist, könnte ich meine schönen indischen Tuniken noch einmal anziehen, die mir diesen Sommer so verschönt haben, und die Scheheratze jetzt manchmal heimlich anprobiert. Ich habe es ihr durchaus gestattet und erlaubt. Es sieht so anmutig aus, wie sie sich darin vor dem Spiegel dreht.

Nach der Abendrunde kehrte ich noch in unserer Pizzeria ein, um mir einen überbackenen Brokkoli und Bruschetta zum Abendbrot zu holen. Schon, als ich das Restaurant betrat, wollte ich zurück prallen. Keine gute Idee, hier herzukommen! Sie spielen ja diese gefährliche Musik. Neulich saßen wir zu zweit hier beim Essen, und da lief genau die selbe Platte. „Soulmate" von Natasha Bedingfield, „How du you sleep while the rest of uns cry" (Dear Mr. President) von Pink, „What goes around comes around", Justin Timberlake; „Und ich wollte noch Abschied nehmen" von Xavier Naidoo. Diese vier zu Herzen gehenden Titel lang mußte ich auf meine Mahlzeit warten, und ich dachte an jenen Abend, als wir einträchtig hier saßen und ich irgendwann in Tränen ausbrach über meinem Tonic Water, weil wir über Dubai sprachen und ich mir die nun unausweichlich bevorstehende Trennung nicht vorstellen konnte. „Ich weiß nicht, wie ich das schaffen soll." schluchzte ich und hatte Angst, gleich mit dem Kopf auf die Tischplatte zu knallen. „Du mußt gar nichts schaffen." sagtest du. „Du brauchst es nur zuzulassen."

Der Pizza-Mann wird sich gewundert haben, was ich da so eifrig mitschrieb gestern Abend. Ich schrieb die Musikstücke mit, um sie heute hier aufführen zu können. Es war der albanische Weise, du weißt schon, der eigentlich Betriebswirtschaft studiert hat und viele kluge Dinge über Ökonomisches und Geld zu sagen hat, wenn man sich die Zeit nimmt, ihm zuzuhören. Der mit der wundervollen Kinderschar und der herzlichen Frau aus unserer Nachbarschaft; nicht der Jawoll-Mann, den wir auch schätzen, und der nicht mehr wegzudenken ist aus unserem Kiez. Er bekam seinen Namen, weil er höfliche Verbeugungen andeutet und jede Bestellung mit einem schnarrenden „Jawoll!" quittiert, wie ein gehorsamer Soldat beim Militär. Da ihm dabei jedoch der Schalk im Nacken sitzt und ein Feuer aus seinen Augen blitzt, würde man ihn nie im Leben in einer Armee vermuten. Er ist eher ein – ja, wo mag er herkommen? – iranischer, jugoslawischer, jedenfalls nicht italienischer Schwejk, der die Hacken zum Schein zusammenschlägt und seine ganze fröhliche Rebellion in jenes kleine prägnante „Jawoll!" hineinpackt. „Jetzt weiß ich auch, warum so leuchtet!" strahlt er uns bei jedem Eintreten in seine Pizzeria an. Weil wir da sind. Darum leuchtet es so, meint er.

Also, nicht der Jawoll-Mann war da, aber von seinem Kollegen soll ich dich schön grüßen. Er vergisst niemals zu fragen, wie es der Familie geht, dem Ehemann, also dir.

Da ist nun diese ganze fruchtlose Debatte über Integration im Gange zur Zeit in diesem Land, aber an mir geht sie ziemlich vorbei. Ich kann nur sagen, ohne die Nachbarn aus anderen Ländern in meiner Gegend – den Türken im „Pamukkale", der so schmackhafte Salate kreiert, die vietnamesische Familie im Gemüseladen, die Obstschälchen zu kleinen Preisen anbietet (ich habe mir, seit du fort bist, noch immer keines gegönnt; ich werfe lieber eine rosa Pille „Summavit Forte" ein, wohl wissend, dass das reichlich albern ist), die Finnen, bei denen ich Yoga übe, und die dich ebenfalls ganz herzlich grüßen lassen. Hoffentlich vergesse ich bei der ganzen Grüßerei nicht irgend einen wesentlichen. Ich sollte sie mir auch aufschreiben.

Die Frau in mir, die sich so übermäßig zuständig fühlt für dein Wohl und das aller anderen, wer ist sie eigentlich? Das kann doch weder Scheheratze, die Sinnliche noch Schantarke, die Aufmüpfige, sein! Ob ich sie bitte, zu erscheinen? Ein Zimmer hätte ich noch frei für sie, falls sie in diesen Tagen ebenfalls bei mir wohnen möchte...

Ich wundere mich nicht, dass sie erscheint. Diese Tage allein mit mir und den Mädels in dieser großen Wohnung haben eine eigene Magie. Ich rufe, und sie kommt. Erwartete hätte ich vielleicht eine Trudel Kasuppke mit Scheuerlappen, Kittelschürze und Turban aus einem karierten Küchentuch. Ein Zupack-Muttertier. Eine Vollblutmama. Eine häusliche Hausfrau.

Aber nein. Wer da schüchtern durch den Türspalt lugt, ist jemand völlig anderer: Ein zartes kleines Mädchen mit schneewittchenschwarzen

Haaren, dunklen Augen und einem rosa Flanell-
kleidchen über dicken warmen Baumwollhosen.
Das liebe Kind hat sich zu unserer Frauengruppe
gesellt. Komm herein und sei herzlich will-
kommen. Du bist es also, die es richtig machen, es
allen rechtmachen will. Lass dich umarmen und
bleib hier. Wenn du irgendwann magst, wir
großen — sogenannt „erwachsenen" Weiber —
hören dir alle zu, falls du uns von dir erzählen
willst.

Mein Liebster, hier hat sich eine schöne Gesellschaft versammelt. Ich muss jetzt das Zimmer für
die Kleine herrichten; ich denke, du hast nichts
dagegen, wenn ich das Deinige dafür nehme. Dein
Einverständnis setze ich voraus.

Ich grüße dich. Dir macht die große Hitze zu
schaffen und mir die herbei kriechende Frost-
kälte. Verkehrte Welt. Du solltest hier sein und
ich – mit meinem Hunger nach Sonne und Wär-
me – sollte dort sein. Aber es ist, wie es ist. Und
gelebt wird, was dran ist und nicht, was ich gerne
hätte.

Sei umarmt. Bis bald. Bis morgen. Jedenfalls
schriftlich.

Mittwoch, 13. Oktober 2010 in Berlin

Ach, mein Schatz, das war schön gestern, wie du mich mittags anriefst, und wie wir alles miteinander klärten, wie es nur in einer liebevollen, über viele Jahre gewachsenen Partnerschaft wie unserer wahrscheinlich möglich ist. Die Kleine, die mir ihren Namen noch nicht verraten hat — ich lasse sie in Ruhe, dringe nicht in sie, sie ist so schüchtern, wie ich es nur zu gut verstehen kann — sie stand neben dem Telefon und freute sich über den Umgang, den du und ich miteinander hegen. Sie liebt Harmonie. Ich auch.

Wir lassen einander frei und üben — jeder für sich — an den wunden Stellen, die das alles berührt. „Vielleicht, dass wir es dadurch jetzt überwinden." sprachst du meine eigene Hoffnung aus. Und so lief ich getröstet durch einen wunderschönen Herbsttag mit satten Farben, wie nur die Götter sie erfinden und uns zur Freude überall anmalen konnten.

Es gab zwei kleine Zeichen, mein Schatz. Irgendwann am Vormittag, als ich gerade von Hand abwusch, wie es schon Agatha Christie als für eine Schriftstellerin unverzichtbare Meditationsübung bezeichnet hat; klingelte der Postbote und brachte mir ein dickes Buch, das ich nicht bestellt hatte. Manche Verlage der betuchteren Sorte senden mir Rezensionsexemplare zu, auch wenn ich sie nicht ausdrücklich orderte. Der neue Roman heißt „Neuland", und immer wieder fiel mein Blick bei der Hausarbeit auf diese großen roten Lettern auf beigem Grund. Genau, dachte ich, das ist es ja! Wieder einmal betrete ich hier Neuland, betrittst du Neuland, tun wir es miteinander. Entfernung spielt keine Rolle, wenn die Verbindung so innig ist wie die zwischen dir und mir. Also Neuland.

Eigentlich betreten wir es in jedem Moment. Ich denke, all das sei mir so vertraut, aber im Grunde ist *das* die Illusion. In jedem Augenblick unseres Lebens erobern wir uns frisches, unbekanntes Territorium. Wir wissen es nur nicht immer. Wie oft saß ich schon mit Freunden zusammen und hörte mich jammern: „Ich kenne mich nicht mehr aus. Das Alte trägt nicht mehr, das weiß ich schon. Aber das Neue ist noch nicht in Sicht. Ich hänge in der Luft, ohne jeden festen Halt, Hilfe!" Und wie oft bekam ich von Gelasseneren als mir zur Antwort: „Das ist der gesündeste Zustand. Alles andere ist Einbildung."

Ich bin so froh, dass ich diese Freunde habe. Wann immer mir danach ist, gehe ich in ihren Kreis und entspanne mich, komme zur Ruhe. Nach dem Herbstspaziergang gestern tat ich auch so. Und es wirkte, wie es Tausende Male zuvor gewirkt hatte: Erbauend, stärkend, tröstend. Ganz fröhlich trat ich meinen Heimweg an, fast ein wenig enttäuscht darüber, dass er nur so kurz ist. Nicht einmal eine Stunde brauche ich von Tür zu Tür; zehn Minuten nach 20 Uhr war ich bereits wieder zu Hause, wo die drei Mädels mit dem Abendessen auf mich warteten.

Unterwegs empfing ich das zweite starke Zeichen dieses Tages. An einer beleuchteten

Haustür sah ich ein Werbeschild für ein Geschäft. „Nafühles" heißt es, und es handelt sich um einen Einkaufs- und Lieferservice, wahrscheinlich für Menschen, die aus irgend welchen Gründen nicht selbst einkaufen gehen können. Zuerst war mein Blick nur so darüber hin gestreift, wie er beim Gehen viele Dinge, Menschen, Worte streift, die unterwegs vorbeiziehen – beziehungsweise, an denen *ich* vorbeiziehe. Ein paar Schritte weiter musste ich lachen. „Nafühles?" schwang in mir nach. „Das bedeutet doch nichts anderes als: ‚Na, fühl es!'" Jetzt fühl es endlich, was in dir vorgeht und verdränge es nicht länger. Nur bedingungslos angenommenes Fühlen kann heilen. Also folgte ich der Aufforderung und freute mich über den Hinweis. „Na fühl es!"

(Ich habe mich später im Internet vergewissert und diese Firma gegoogelt; sie heißt wirklich so, zusammengeschrieben und wortwörtlich.)

In Chile haben sie heute Nacht mit der Rettung der eingeschlossenen Bergleute begonnen. Während ich schlief, müssen sie die enge, enge – nur gut 50 Zentimeter im Durchmesser! – Bergungskapsel durch die Erde gelassen haben. Eine klaustrophobische Vorstellung für mich, die ich mich schon vor ganz normalen Fahrstühlen fürchte, so eingezwängt fünfzehn Minuten lang — oder mehr, wenn etwas klemmt — zwischen Leben und Tod zu hängen, angewiesen auf die Helfer oben und unten. Seit dem 5. August harren die Kumpel in der Mine aus, es ist ihre längste Schicht. Nie gab es eine spektakulärere Aktion; noch niemals zuvor haben Menschen so ein Unglück so lange Zeit überlebt. Ich muss jetzt, mitten in der stillen Schreibarbeit, einfach mal ins Netz gucken, um zu sehen, ob die Sache gelingt...

Tatsächlich! Es gelingt. Vier Männer sind schon gerettet, der fünfte betritt gerade, während ich hier am Küchentisch in Berlin sitze, die Rettungskapsel. Bewegende Szenen spielen sich dort, fern von mir, ab; die Zeitungen veröffentlichen Fotos von sich wild umarmenden Menschenpaaren. Bilder der Liebe. Und schon kommen mir die ersten Tränen des Tages. So werde ich dich auch umarmen, in wenigen Tagen am Flughafen. Heute ist Halbzeit unserer Trennung. Und so wahr ich hier sitze: Ja, ich halte mein Versprechen. Ich mache für mich das Beste daraus, so wie du für dich, in Dubai.

Das viele Zufußgehen tut mir enorm gut. Mir ist, als schwinge – schwönge? schwänge? schwünge??? – ich mich auf diese Weise immer wieder in den Takt des Universums ein, und nichts anderes macht mich glücklich, als mich im Einklang mit dem Großen Ganzen zu befinden. Keinen Spaziergang versäume ich – auch, wenn meine linke Hand ins Leere greift zur Zeit. Den Ärmel meiner Jacke habe ich herunter gekrempelt. Wenn ich Seite an Seite mit dir spaziere, schlage ich ihn immer ein wenig hoch, damit du Haut spürst, wenn du mich anfasst und keinen schnöden Stoff. Wie du sie liebst, meine coole schwarze Jacke. Ohne dich und deinen sicheren Rat hätte ich sie mir damals gar nicht gekauft. Ich muss zugeben, du hast den Kennerblick, was Kleidungsstücke, die mir stehen oder nicht, angeht. Das gibt auch Scheheratze zu: „An ihm ist wirklich ein Coiffeur verloren gegangen! Da kann man gar nichts weiter sagen." Na ja, gestern habe ich mir ohne deine Zweitmeinung zwei Jerseyteile für den Winter gekauft. Ich bin aufgeregt, wenn ich daran denke, sie dir vorzuführen. Was wirst du sagen? Und werde ich sie wegschmeißen, sollten sie dir nicht gefallen? ...

Scheheratze findet sie gut. Schantarke findet sie überflüssig. Und die Kleine mit den schwarzen Haaren streichelt verträumt über sie hin. Das weiche Material zitzelt, und das mag sie sehr. Ich freue mich auf den Moment, wenn du darüber hin streicheln wirst, mein Schatz.

Bis morgen. Vorerst schriftlich.

Du steckst in keiner Mine fest. Es geht uns gut, verglichen mit Schicksalen anderer Leute. Ja. Aber gefühlt wird immer das, was einen selbst betrifft. Das kann man durch kein noch so großes Unglück anderswo auf der Welt beschwichtigen oder vertagen. Es geht immer um die eigene Haut. Na, fühl es. Das, was dich selbst angeht und keinen anderen.

Donnerstag, 14. Oktober 2010 in Berlin

In Chile sind alle Bergleute gerettet worden, die letzten heute Nacht! Es gab kein Drama a´la Hollywood, von wegen „beim letzten der Männer stürzte denn doch noch die Erde ein", weil es ohne Dramatik ja langweilig ist im Film. Mir ist keineswegs langweilig, ich freue mich weinend mit, als wären es meine Ehemänner, Söhne oder Väter. Als wärst es du, mein Schatz.

Aber wie mag sich wohl der allerletzte der Helfer gefühlt haben, als er allein da unter der Erde zurück blieb? Die Kapsel wird verschlossen, tritt ihren Weg nach oben an, und dann ist auf einmal alles still. Was – wenn... Was, wenn ausgerechnet jetzt die Katastrophe eintritt? Wenn alle zum Weiterleben bestimmt sind, alle, nur ich nicht? Die Kumpel während ihres dreimonatigen Eingeschlossenseins in 700 Metern Tiefe hatten wenigstens einander, sie bildeten eine Gruppe von der Stärke einer Schulklasse. Aber ganz allein? Wie soll ein Mensch das überleben? Ob er so gedacht hat? Ob er gebetet hat? Oder verfügt er über ein ganz anderes Nervenkostüm als ich mit meiner Dünnhäutigkeit und meiner Phantasie? Wahrscheinlich. Es muss so sein. Sechzehn Sanitäter, Unterstützer, hieß es, hätten sich freiwillig gemeldet, nach unten in die Mine zu fahren, um den Bergmännern beizustehen. Das können gar nicht solche wie ich gewesen sein. Aber solche wie du! Das schon. Seit Jahren weiß ich, dass du einer bist, der sich ohne Zaudern in eine Flut stürzen würde, um ein Kind zu retten. Der in ein brennendes Haus stürmen würde, um die Großeltern herauszuholen. Der sich nicht schonte, von einer berstenden Eisfläche waghalsige Jugendliche zu bergen, auch, wenn er keine Leiter zur Hand hätte. So einer bist du, und ich habe mich manchmal schon dabei ertappt, dass ich im Stillen bat: „Lass so eine Situation nicht eintreten. Ich möchte diesen Mann nicht verlieren."

Die inneren Bohrlöcher können tiefer sein als die äußeren, das wissen wir beide, schreibst du mir heute morgen. Du wirst zum Schriftsteller, dort in Dubai! Ich sehe es kommen.

Ich selbst fühle mich nicht recht inspiriert. Ich bin müde, erschöpft und schreibe eigentlich nur aus Disziplin. Disziplin ist sinnvoll. Sie hat durchaus ihren Platz in der Kunst, einen wertvollen. Aber sie ist nicht alles. Wenn die Götter nicht mitspielen, dann gelingt kein Manuskript, keine Rettung vom Eis, aus einem brennenden Haus oder aus einem Bergwerk.

Und so werde ich ein wenig hin und her laufen. Die Waschmaschine beladen, die Kleidung für den heutigen Tag auswählen, Tee kochen. Manchmal fängt auch die Phantasie an zu fließen, wenn ich mich in körperliche Bewegung versetze...

„Du musst auch mal innehalten." Klar. Das kann ja nur die Stimme von Scheheratze sein.

„Ein ernstes Wort, meine Liebe." Sie fließt auf den Küchenstuhl in ihrem weichen weißen Schlafgewand — oder ist es gar schon das Tagesgewand?

Bei ihr weiß man nie... — wie nur eine Prinzessin dorthin fließen kann. „Ich sehe dich nur noch herumrennen, von der Waschmaschine zum Wasserkocher. Vom Hochbett über den Schreibtisch zum Kühlschrank mit Umweg über die Dusche und wieder zurück. Das kann es doch nicht sein! Das wusstest du doch schon einmal besser, oder?!"

Mein Schweigen ist Antwort genug. Beredter *kann* eine Frau gar nicht schweigen.

„Ja, du hast recht. Und nun?"

„Nun verordne ich dir Sauna für heute. Meinetwegen schreibe zuerst dein Pensum, beantworte die E-Mails, folge der dir innewohnenden Disziplin, ja, okay. Aber dann pack deine Tasche, pack auch das Öl ein. Und dann geh, verdammt noch mal (oh ja, auch eine Scheheratze kann fluchen, wenn die Situation es erfordert, und wenn sie das ewig Weibliche in Gefahr sieht; wenn die Göttin sich selbst verletzt und gefährdet), geh in die Sauna deiner Wahl und entspann dich endlich. Zelebriere diese schlichte Wärmekammer in einem Fitneßzentrum der Großstadt wie ein orientalisches Bad. Lümmele dich wie eine Frau, die nichts anderes zu tun hat. Lass deine Seele locker und salbe deine Glieder, du ewig Gehetzte und Getriebene. Von innen, von dir selber Gehetzte und Getriebene. Lass los und sei faul."

Ich schweige schon wieder und beschließe, das Stück Käse-Mohn-Torte zu verspeisen, das ich im Kühlschrank für solche Momente aufbewahre.

Ist klar, dass meiner Gefährtin das gefällt. „Recht so." lobt sie mich. Es schmeckt nach reinster fluffiger Wonne. Ja, ich sollte auch mal wieder einkaufen gehen dieser Tage. Ich neige dazu, das Essen zu vergessen. Mein Schatz, du kaufst nicht ein. Und von Scheheratze kann ich so etwas Profanes schließlich auch nicht erwarten. Von Schantarke erst recht nicht. Die ist mit der Weltrevolution von unten beschäftigt, von innen. Wie innen, so außen. Sie ist ganz ergriffen von der Idee und verlässt stundenlang ihr Zimmer nicht. Die Kleine schicke ich ebenfalls nicht in den Supermarkt. Wieso wohnt mir eigentlich kein Anteil ein, der gerne einkaufen geht? Der die Hausarbeiten – kochen, backen, braten, putzen – aus Leidenschaft erledigt, ohne zu murren, immer ein munteres Liedchen auf den Lippen...

Nein, ich klappe den Deckel des Laptops für heute zu. Ich kann nichts erzwingen. Wenn ich es doch versuche, schmeiße ich es hinterher nur weg. Scheheratze nickt. Ja, ich kapituliere.

Für heute wenigstens. Ich gebe auf und tue mir selber gut.

Freitag, 15. Oktober 2010 in Berlin

Es hat funktioniert! Das Lockerlassen und mich selbst Hegen nahm den ungesunden Druck fort; das Leistungstier kroch in seine Höhle zurück und lässt mich vorerst in Ruhe. Aber ich bin nachdenklicher geworden — „Ha! *Noch* nachdenklicher!" scherzen die Mädels — vor allem, seit wir gestern Abend eine Art Frauengruppe am Küchentisch hatten. Das muss ich dir erzählen, Liebster, das war zu süß!

„Wieso reist du eigentlich nicht? Warum bleibst du immer hier?" pirschte sich Schantarke an das Thema heran. Wir hatten eine thailändische Mahlzeit zusammen genossen – Entenbrüstchen mit Reis, Gemüse, Knoblauch in einer scharfen Soße mit Kokosmilch. Dazu die berühmte Obstschale vom vietnamesischen Gemüsehändler. So lange hatte ich gebraucht, um sie mir, um sie uns endlich einmal zu besorgen. Wir tranken Tonic dazu, und später am Telefon erfuhr ich, dass du zur selben Zeit in einem orientalischen Restaurant in Dubai eine ganz ähnliche Mahlzeit zu dir genommen hast; nur, dass bei dir das Tonic allein schon genau so viel gekostet hat wie für uns das gesamte Essen! Dafür hatten wir natürlich nur rote Kerzen aus der Drogerie und einen hölzernen Küchentisch in einem Altbau Berlin-Treptow. Du diniertest dagegen in gediegener Atmosphäre. Bei dir lag das Holz als kleine Stege über künstlichen

Gewässern, und jeder Tisch stand auf einer eigenen Insel, während die Kellner hart am Ufer ihre Tabletts balancierten. Aber immerhin: Ich gebe mir auch Mühe, wie du siehst, aus meinen Möglichkeiten hier das Allerbeste zu machen. Und da platzte meine rebellische Freundin mit ihrer Frage heraus. Wieso ich eigentlich nicht verreise. Die erste Antwort schoss ich gleich, ohne weiter darüber nachzudenken, aus der Hüfte.

„Ich bin nicht der Typ dafür. Ich gehöre eher zu den Bodenständigen."

„Ach ja?" wurde sie wacher. „Und woher weißt du das so genau?" Wir tranken nun duftenden Tee, Rotbusch mit Orange, ebenfalls von Rossmann, aber gut. Bei dir wären die selben Teeblätter wahrscheinlich von Jungfrauen im Morgentau gepflückt worden, das Apfelsinenaroma von Hand direkt am Tisch mittels einer Diamantreibe dazu gegeben; und ein Glas Tee hätte den Preis von einem kompletten Saunabesuch in Berlin, ganz zu schweigen davon, falls der Gast noch einen Löffel Honig dazu wünschte. Uns Weibern schmeckte der Tee ausgezeichnet, und die Lebkuchen vom letzten Weihnachtsfest sind überraschenderweise auch noch weich, genießbar, und der Schokoladenüberzug darauf weist keinen Belag auf, der auf Überlagerung schließen könnte. Ich servierte uns die Leckerei auf meinen Lieblingsglastellerchen, und jetzt verzichte ich mal auf den vermuteten Vergleich zu deinem Äquivalent im noblen Etablissement in deiner anderen Welt.

Du bist damit ohnehin nicht zu beeindrucken. Du siehst und schmeckst die edlen, schönen

Dinge, aber du gehörst nicht zu denen, die daran süchtig werden, oder die es blendet. Dich kann man letzten Endes nur mit menschlichen Qualitäten beeindrucken oder mit einer Schönheit, die von innen kommt.

Aber zurück zur Frauengruppe. Schantarke wartete auf meine Antwort.

„Na ja", versuchte ich es, ihr zu erläutern. „Ich bin nicht mehr die Allerjüngste, wenn du verstehst, was ich meine. Da kennt man sich doch schon ein Weilchen. Da ahnt man, wer man ist, nicht wahr?"

„Da hat man sich auch schön in seinem gewohnten Kreis festgefahren." ließ sie das offenbar nicht gelten. „Und erzähl mir jetzt nicht, dass du schließlich Künstlerin bist und damit in deinem Kopf schon per se frei und unabhängig. Das ist auch nur eine Rolle, die du spielst. Und im künstlerischen Eigenrhythmus kannst du genauso feststecken wie andere in ihrer Nine-to-five-Routine."

„Aber wie soll ich denn Hierbleibebücher schreiben, wenn ich gar nicht hier *bleibe*?" fragte ich jetzt schon mit einem Hauch Verzweiflung in meiner Stimme. Ich ahnte schon, da war etwas Wahres dran, worauf wir jetzt zu sprechen kamen.

„Das ist auch nur in deinem Kopf, dass du Hierbleibebücher schreiben musst." Schantarke erwies sich als gnadenlos ehrliche Freundin. Was hätte ich auch von einer anderen gewollt! „Du kannst doch deine Profession nicht ausüben wie ein kleiner Bürokrat. War dir das gestern nicht Warnung genug? Dieses alte Leistungstier, von dem du dich antreiben, hetzen und unter wahnsinnigen Druck setzen lässt; meinst du, das verschwindet einfach so, von selbst und aus besserer Einsicht? Indem du immer wieder auf ein und die selbe Weise agierst?"

„Du kannst nicht immer wieder das selbe tun und andere Ergebnisse erwarten."

Wir meinten, unseren Ohren nicht trauen zu können. Das war die Kleine, die das eben sagte.

„Hallo? Wo hast du denn diese Weisheit her?" fragten wir sie zu dritt wie aus einem Munde.

„Na ja", sagte sie – und ich war froh, sie endlich sprechen zu hören. „Das hast du neulich am Telefon zu jemandem gesagt, der dir sehr am Herzen liegt. Ich glaube, du wolltest helfen. Und später sagtest du am selben Telefon zu jemand anderem, dass du aus eigener Erfahrung weißt, man solle immer gut auf das achten, was man jemandem rät, weil man das immer auch gleichzeitig zu sich selber sagt. Und das war bei dir eben jener Satz. Man kann nicht immerzu das selbe tun und andere Ergebnisse erwarten."

„Sie ist klug, die kleine Dame." Scheheratze hatte recht und sprach aus, was wir alle dachten.

„Ich habe Kopfschmerzen." sagte ich.

„Das ist kein Wunder. Alles versuchst du, im Kopf zu lösen." Ach, Schantarke. Ja. Und ja. Und nun?

„Da liegt ein Angebot des Lebens auf dem Tisch. Stimmt doch, oder? Sei mir nicht böse, aber ich habe unfreiwillig mitgehört, als ihr gestern Abend telefoniertet, du und er." Scheheratze und unfreiwillig mithören! Aber ich konnte ihr nicht böse sein. Aus irgend einem Grunde fand ich, sie durfte das, Gespräche heimlich belauschen. Wer, wenn nicht sie.

„Er möchte dir etwas organisieren, etwas Schönes, eine Geburtstagsreise, erweitert, wie er mittlerweile schon ist. Er hat den Deckel seines Schuhkartons schon angehoben. Mehr oder weniger hocken wir ja alle – jeder für sich – in so einer Schachtel. Wir meinen, völlig frei zu sein in unseren Entscheidungen und kreuzen doch nur auf einem eng begrenzten Territorium. Das schenkt uns ein Gefühl von Sicherheit, Geborgenheit. Er möchte dir nun zeigen, dass es davon nicht abhängt. Er möchte mit dir teilen, was er für sich entdeckt hat: Dass wir uns auch in der Welt außerhalb des Pappdeckels immer noch zu Hause fühlen können. Er sagt: ‚Komm. Lass uns verreisen. Viel zu lange schon bist du der Nabel deiner Welt. Was dir fehlt, ist die Erfahrung, dass diese Welt sich auch dann noch dreht, wenn du sie mal hinter dir lässt.' Und jetzt willst du dich auf deine vermeintliche Bodenständigkeit zurückziehen, auf das, was du schon kennst. Das gilt nicht, Mädchen. Sieh es doch ein."

Sie machten mich nachdenklich. Sehr, sehr nachdenklich. Und zwar nicht wie sonst. Grüblerisch. Nein, nachdenklich auf eine neue Weise.

„Aber andere Vorfahrinnen in meiner Linie haben auch ein ganz schlichtes, zurückgezogenes

Dasein geführt und sind nicht unglücklich gewesen damit." startete ich eine letzten feigen Versuch, vielleicht doch nicht auf die nächste Ebene hinauf klettern zu müssen.

„Haben deine Vorfahrinnen denn ebenso wie du darum gebeten, eine Schriftstellerin sein zu dürfen? Und zwar eine, die wirklich etwas weiß, etwas zu sagen hat und zum Wohle aller weitergeben kann?"

„Ein großer, tiefer Wunsch zieht Übungseinheiten nach sich. Das weißt du so gut wie wir." stimmte Scheheratze in Schantarkes Drängen ein. „Das Eine gibt es nicht ohne das Andere. Und jetzt willst du in deinen einmal eroberten Kreisen einfach so leer laufen? Das glaube ich nicht. So bist du einfach nicht gestrickt."

Leer laufen. Auslaufen. Das sprach mich an, denn genau so hatte ich mich in den vergangenen Tagen gefühlt: Als flösse meine Kraft aus mir heraus, als verließe mich alle Energie ungehindert. Natürlich versuchte ich, gegenzusteuern, mit den altbewährten Methoden. Aber mag schon sein, dass die nicht mehr allein tragen. Vielleicht müssen jetzt neue Methoden her.

„Lasst mich bitte drüber schlafen, ja?" bat ich meine Frauengruppe. „Ich rege mich nicht auf und sage nichts reflexartig ab. Soviel kann ich euch schon für heute versprechen."

„Uns musst du gar nichts versprechen." War ja klar, dass Schantarke das nicht einfach so stehen lässt. „Gibt es eigentlich noch Tee?"

Der Rest des Abends verlief lustig. Wir amüsierten uns über unsere kleinen Unzulänglichkeiten, zeigten einander graue Strähnen, Pölsterchen, Proportionen und fanden uns einfach wunderschön. Irgendwann während dieser Stunden kletterte die Kleine auf meinen Schoß und schmiegte sich an. Das hatte sie noch nie gemacht, und ich ließ es zu keiner großen Sache werden. Nur meine Seele wusste, wie sehr ich das genoss. Als sie eingeschlafen war, in einer unmöglich verrenkten Haltung, die jedem Yogi zur Ehre gereicht hätte, hob ich sie vorsichtig hoch und trug sie in mein Bett. Wir schliefen wunderbar nebeneinander. Ich träumte davon, dass eine Lesung kurz bevorstand und ich mich nicht darauf vorbereitet hatte. Da saß ein erwartungsvolles Publikum, und ich hatte alles viel zu lax genommen, kannte meine eigenen Texte nicht.

Noch fünf Tage, dann lese ich wieder aus einem meiner Bücher. Ich sollte mich gut darauf vorbereiten, denke ich.

Samstag, 16. Oktober 2010 in Berlin

Es ist sehr wichtig, im Heute zu leben, im Hier und Jetzt, in diesem Augenblick. Da sind sich alle einig, die jemals die menschliche Seele erforscht haben im aufrichtigen Versuch, sie zu heilen. Nichts auf der Welt macht ein menschliches Wesen so zuverlässig krank, verrückt oder beides, wie der Versuch, die Last der Vergangenheit immer weiter mit sich herum zu tragen oder weit in die Zukunft – planend – voraus zu preschen. Und doch denke ich, dass ich jetzt in einer Woche in der S-Bahn sitze, um zum Flughafen zu fahren, wo ich dann in einer knappen Stunde DICH abholen werde. Ab heute geschieht jeder Tag ohne dich nur noch ein einziges Mal. Ein Samstag, ein Sonntag, ein Montag, ein Dienstag... – und so weiter bis Samstag, wenn ich dich in die Arme nehmen darf. Ich denke, die Götter haben nichts dagegen und muss nicht ängstlich fürchten wie meine Vorfahrinnen: „Mädchen, beschrei´ es nicht!"

Tief in meiner Seele weiß ich ja, dass wir beide uralt miteinander werden und dann irgendwie in kurzem Abstand hintereinander sterben. Scherzhaft erzählen wir es Freunden manchmal so: „Mit um die hundert Jahren werden wir zwei knorpelige, dürre Yogis sein, die Hand in Hand einen Berggipfel besteigen, sich dort in ein Asana – in eine Yoga-Pose – hinein begeben und einfach warten, bis der Übergang geschieht." Ich glaube, dass wir es zuletzt selbst bestimmen werden oder selbst erkennen, wann unsere Zeit gekommen ist.

Gestern saß ich in einer Buchhandlung und las das jüngste Werk des indischen Arztes und Schriftstellers Deepak Chopra. Eine weise und tröstende Schrift über den Tod. Ich muss da heute noch mal hin laufen und mir dieses Buch kaufen. Es hilft nichts, ich kann nicht ohne es sein und demnächst mit dir an die Ostsee fahren. Jedenfalls, in diesem Buch gibt es eine wahre Geschichte aus der Zeit, als Deepak noch ein junger, unerfahrener Arzt gewesen ist. Auf seine Station wurde ein altes Ehepaar eingeliefert, beide sehr krank und sichtlich eng miteinander verbunden. Einige Tage lagen sie da, Bett an Bett, im selben Zimmer. Die Frau hockte oft auf der Bettkante ihres Mannes und hielt seine Hand, sprach ihm gut zu. Er schien sehr viel gebrechlicher zu sein als sie. Aber eines Nachts, ganz plötzlich und für die Ärzte unerwartet, verschied die liebevolle alte Dame. Ich weine immer noch, wie gestern auf der Lesebank in jener Buchhandlung, als ich an die Stelle im Buch kam. Deepak Chopra hatte Angst, dem Ehemann die traurige Nachricht mitzuteilen. Aber als jener einen wachen Moment hatte, sagte er es ihm dann doch. Zu seinem großen Erstaunen lächelte der Mann. „Dann kann ich ja jetzt auch gehen." sagte er. „Ein Gentleman lässt einer Lady den Vortritt."

Fast überflüssig zu sagen, dass er tatsächlich binnen weniger Stunden ebenfalls seinen letzten Atemzug tat und seiner geliebten Frau in die andere Dimension folgte.

So ein Paar sind wir auch, dachte ich, als ich diesen Text las. Ich *weiß* es einfach, mein geliebter Schatz.

Wieviele Frauen sind wohl heute schon „du meine Lebens-Liebe" genannt worden, dachte ich bei meiner gestrigen Stadtstreicherei. Ich schon. In deiner E-Mail von gestern schriebst du mich so an. Und damit nicht genug! „Setz dich bitte nicht so unter Druck." hast du außerdem geschrieben. „Du bist ein wertvoller Mensch. Das bedarf keines weiteren Beweises in Gestalt irgend einer ‚Leistung'". Du nanntest mich eine „wunderschöne Frau". Ich glaube, du hast ein bisschen Angst, ich könnte mir doch noch die Haare abschneiden, färben, mich umstylen wollen, aus Unsicherheit, weil mich im Moment keiner so positiv spiegelt wie du es immer tust. Jeden Tag tust.

Keine Sorge, Liebster. Ich kann wohl wackeln, kurz mein Gleichgewicht verlieren. Aber umfallen – umfallen tue ich nicht!

Weißt du, was merkwürdig ist? Heute Morgen wachte ich auf und „las" diese Aufschrift auf einem Blechschild: „Bitte erlauben Sie mir, dort-und-dort umzufallen, auf diese Weise, an diesem Ort und an diesem Tag; und aufgefangen zu werden von einem Kollegen, von dem ich möchte, dass **Sie** es sind." Wo kommt so etwas her? Das ist gut, dachte ich im Aufwachen.

Ich griff mir meinen Block und den Bleistift, die immer neben meinem Kopfkissen liegen und schrieb es einfach mit. Keine Ahnung, woher, warum wozu. Aber solche Dinge nehme ich ernst.

Sie kommen schließlich aus der Anderwelt. Du würdest sagen, aus der Matrix.

Aus dem eigenen Unterbewußtsein.

Das ist auch wieder so ein Beispiel dafür — wie beim „Im Heute Leben" — dass jeder es anders nennt und alle das selbe meinen. Unbewußtes, Gott, Frequenzen, strings, das Universum, die Energie. Verschiedene Worte für ein und das selbe Phänomen, mit dem wir uns alle verbinden, in Einklang bringen sollten, wenn wir im Leben glücklich sein wollen. So sehe ich das, und dir kann ich es sagen, mein Liebster.

Ein Biss in einen der Lebkuchen vom vergangenen Jahr. Die sind lecker, ich erwähnte es schon. Aber bald muss ich mir trotzdem neue kaufen, es hilft nichts. Ich komme nicht mehr darum herum.

Vielleicht lernen wir beide, du und ich, durch diese weite Reise, dass unsere Seelen miteinander verschmolzen und verwoben sind, egal, wie groß die räumliche, auch die zeitliche, Entfernung zwischen ihnen ist. Du bist mir ja zwei Stunden voraus, bei dir ist jetzt schon Mittag. Aber ich fühle dich fast genau so deutlich, als säßest du mir jetzt an diesem Küchentisch gegenüber – und ich würde vor dem Ansturm deiner ungebremsten Energie unwillkürlich ein wenig zurück weichen, wie so oft, wenn wir uns hier begegnen und eine Mahlzeit miteinander teilen.

Du bist mir nah, seelisch nahe. Jetzt, im Moment, kommt mir diese Reise, diese unfreiwillige Trennung, ganz so vor, als sollten wir auf etwas hingewiesen werden. Als zeigte uns Gott oder das Leben oder wer weiß auch immer, dass es so immer sein wird, auch nach unserem körperlichen Tod. Wir werden beieinander sein, auf andere Weise. Vielleicht sagen darum die Leute so gern: „Liebe dauert ewig." Weil sie nicht einfach so endet, und weil sie das Einzige ist, was wir wirklich mit „hinüber" nehmen können.

Das ändert jedoch nichts daran, gar nichts!, dass ich jetzt ein Mensch bin. Und dieser Mensch sehnt sich so sehr nach deinen Armen, nach deinen Händen — den durchaus körperlichen — dass ich dieses Gefühl in voller Kraft gar nicht recht zulassen mag. Ich fürchte mich ein wenig vor der Intensität dieses Sehnens; ich muss ja auch noch lebensfähig, alltagstauglich sein.

Aber was ich damit sagen will, ist: Noch habe ich ganz und gar nicht genug von dir in deiner männlichen Gestalt. Ich finde es schön, dass wir in Körpern stecken, die einander auch ganz tätlich lieben können. Darauf kann ich jetzt noch nicht verzichten, und das muss ich ja auch gar nicht, wie ich tief in meinem innersten Kern nur zu gut weiß. Trau ihm. Trau diesem Gefühl. Das ist es, was DIE STIMME jetzt gerade zu mir sagt.

Jetzt in einer Woche – in exakt 168 Stunden – werde ich im Terminal des Flughafens Tegel stehen, so Gott will, und werde mit den Augen die große Anzeigetafel absuchen nach der erlösenden Mitteilung über dein Flugzeug: „landed". Danach wird es nicht mehr lange dauern, und ich werde dich durch die Glasscheibe sehen, dein Gepäck schultern sehen, dein Lächeln wiedersehen; und dann bleiben nur noch wenige Minuten, bis ich dir um den Hals falle und dich vielleicht „meine Tatzi" flüstern höre.

Heute ist Samstag, der 16. Oktober 2010, ich bin allein zu Haus in Berlin und mache etwas Schönes aus diesem Tag. In die Buchhandlung laufe ich auf jeden Fall. Ich finde keine Ruhe ohne Deepak neben mir auf meinem Kopfkissen.

Gleich gucke ich, ob eine E-Mail von dir da ist, mein geliebter Schatz.

Ich weiß jetzt, warum Schiller in seine „Ode an die Freude" die Frage hinein schrieb, ob du jemals geliebt hast, Mensch. Denn „wer´s nie gekonnt", der ist bemitleidenswert. Vielleicht im nächsten Leben. Vielleicht im nächsten Leben.

Sonntag, 17. Oktober 2010 in Berlin

Wenn ich doch nicht schlafen müsste! Wenn ich ungestraft auf meine Ruhezeit im Bett verzichten könnte! Heute Nacht floss die Energie, die mich zum Arbeiten treibt, so stark und mächtig, dass ich vibrierte vor Freude und Schreiblust und kaum liegen bleiben konnte. Ich vertraue den morgendlichen Eingebungen jedoch mehr als den nächtlichen, und so versuchte ich es wieder und wieder, in meine Träume zu kommen, was mir am Ende auch gelang. Aber Scheheratze sagt, ich sei enorm viel unterwegs gewesen. Sie habe immer wieder Licht in meinem Zimmer gesehen. Sie ist natürlich ein Nachtmensch. Nach Mitternacht blüht sie erst richtig auf. Es heißt schließlich nicht ohne Grund „Tausend und eine *Nacht*" und nicht: Tausend und ein Nachmittag (wie schnöde).

Also, die Inspirationen und mein gefühltes Pensum beuteln mich mal wieder; ich bin machtloses Werkzeug der Höheren Kräfte. Das ist der Preis dieser künstlerischen Kreationen: Ich rufe die Eingebungen herbei, ja, und dann *erscheinen* sie eben, ohne Rücksicht auf mein Körperchen und auf meinen Geist. Dann habe ich Tag-, Spät- und Nachtschicht; ganz, wie es den Göttern oder den Unsichtbaren gefällt. Es ist Teil meiner Arbeitsplatzbeschreibung, ob ich nun will oder nicht. Aber ich will ja. Und ich lebe damit. Und ich versuche, das Beste draus zu machen. Gelebt wird, was dran ist. Erholen kann ich mich später wieder. Jetzt pulsiert der Strom in jeder meiner Zellen. Das ist stärker als Koffein und aufregender als ein Langstreckenflug. Scheheratze weht in einem ihrer losen Gewänder vorüber und nickt.

Gestern hat mich jemand zu größerer Gelassenheit ermahnt. Sieht man es mir denn schon an, dass ich mich leicht selbst unter Druck begebe? Nein, ich habe es selbst offen gelegt, habe mich damit gar nicht versteckt. Also, wie erzähle ich das jetzt, von welchem Ende her?

Du, mein Schatz, hast gestern in Dubai die Metro getestet, das muss eine Art Hochbahn sein, die eine Stunde lang durch die gesamte Stadt führt. Ich habe noch keine Fotos davon gesehen, aber heute stehen sicherlich welche im Netz. Jedenfalls faszinierte dich das so, entnahm ich deiner Begeisterung am Telefon, dass du beginnst, diese ferne, heiße, weiße Wüstenstadt zu mögen. Nach vierzehn Tagen fühlt sich der Skorpion in seiner ursprünglichen Heimat wohl. Du hast gesagt, du spürst immer noch Sehnsucht nach mir, aber jetzt lähmt sie dich nicht mehr. Und wir sind beide fröhlich. Wir stecken einander mit positivem Denken und Leben an, und du bringst mich wieder zum Lachen, wie immer. „Ein Mann muss eine Frau zum Lachen bringen, sonst braucht sie keinen." Es ist natürlich platt gesagt, aber es ist auch Wahres dran.

Nachdem ich dich so glücklich gehört hatte, anderthalb Stunden lang, und du mich ebenfalls — ich bin ja immer glücklich im schöpferischen Arbeitsrausch! — da schrieb ich mir auf, was ich darob empfand: „Es scheint, als hätten wir beide

durch diese Trennung, durch diese Reise bezie-
hungsweise Hierbleibeerfahrung zu unserer
Stärke zurück gefunden, jeder für sich. Zurück?
Oder ganz neu dorthin gefunden?"

Während du also in deiner Bahn durch Dubai
fuhrst, versuchte ich es in Berlin ebenfalls mit den
öffentlichen Verkehrsmitteln – um jäh am U-
Bahnhof Grenzallee des Zuges verwiesen zu
werden. Er „endete hier". Schienenersatzverkehr.
Aha.

Es regnete, es war nicht hell geworden an
diesem Tag; und die in diesem Herbst besonders
phantasievoll bunt gefärbten Blätter wirbelten
umher, setzten sich unverschämt, frech in hoch-
geschlagene Mantelkragen, aufgekurbelte Auto-
fenster, Hochsteckfrisuren hinein. Rot, ein sattes,
dunkles Rot, gelb, grün, alle Schattierungen von
Braun. Ich könnte mir keinen Blätterstrauß
sammeln, selbst wenn ich wollte; denn ich fühlte
mich außerstande, in all dieser Schönheit eine
Auswahl zu treffen. So bin ich froh, eine Stadtstreicherin zu sein, die darüber hin wandert,
neben her wandert und nur bewundert,
bewundert, bewundert. Wetter interessiert mich
nicht. Ich habe für alle Wetter die passende
Kleidung, und außerdem laufe ich mich warm.
Handschuhe hätte ich gestern gebraucht. Vom
Regenschirmhalten, die ganze Zeit, werden einem
Menschen doch die Fingerspitzen klamm.

Ich stieg also in keinen der Ersatzbusse für die
U7; ich lief von Grenzallee am Saunaparadies
„blub" vorüber, das jetzt AlAndalus heißt (ein
Name, der es auch in Dubai erfolgreich sein ließe,
oder was meinst du dazu?), und immer weiter

geradeaus bis zum Krankenhaus Neukölln. Quer über dessen Gelände gelangte ich rasch zum größten Einkaufszentrum der Stadt Berlin, den Gropius Passagen. Wie sich diese „Malls" doch gleichen, überall auf der Welt. Wenn ich die Fotos des Shopping Centers in Dubai sehe, mit genau den selben Modeläden und Ketten wie in Deutschland, dann weiß ich, wie klein die Welt geworden ist. Überall die selben Dorfplätze, auf denen sich die Leute tummeln, um sich nicht so einsam zu fühlen. (...und vielleicht ein Schnäppchen zu machen.)

Bei mir wirkt es auch, dieses „Tempel"-Gefühl, und ich hatte Lust auf ein Mittagessen an einem der Stände, wo die Tische immer voll besetzt sind und man Mühe hat, ein Plätzchen für sich zu finden. Da gibt es keine lauschigen Nischen, keine Separées (schreibt man das so?), in denen man ganz für sich sein kann. Da balanciert man den tropfenden Schirm, Schal, Mantel (gut, dass ich keinen Hut trage, wo sollte ich denn den noch lassen!), Teller mit meiner warmen Mahlzeit und ein Getränk in einer Pfandflasche mit darüber gestülptem Plastikbecher – und kommt nicht darum herum, an eines der Tischchen heranzutreten und höflich zu fragen: „Darf ich mich zu Ihnen setzen?" Es ist eng, man kann einander nicht ausweichen und kommt sich nahe. Und das in unseren Breiten, wo man lieber Abstand hält und die anderen Menschen von weitem beäugt. So habe ich hier schon mit Greisen gespeist und die Schicksale ihrer Enkelkinder gehört. Alleinstehende Damen sprachen mir von den letzten Stunden ihres verblichenen Gatten; Herren schwärmten mir vor, wie günstig und wie reichlich doch das Essen an diesem Stand sei. Für DAS

GELD könnten sie sich so etwas Schmackhaftes kaum selber kochen, vom Wert der reinen Arbeitszeit — einschließlich Einkaufen — ganz abgesehen.

Gestern steuerte ich auf einen schmalen grauhaarigen Herrn zu, der mich gleich mit einem Witz überraschte: Für eine beleibtere Dame als mich sei alles besetzt gewesen, aber so, wie meine Figur wirke, dürfe ich mich setzen. Es komme nämlich noch jemand.

Das fängt ja prima an, dachte ich und nahm Platz mit meinem ganzen Gepäck. Während der Herr mir Guten Appetit wünschte und ich begann, mein Sauerkraut zu genießen, kam seine Frau an den Tisch, und er beugte sich zu ihr, indem er den nächsten Witz vom Stapel ließ: „Hier ist die Dame, die unsere Rechnung mit übernimmt." Haha. Ein Scherzkeks. Hoffentlich bringe ich meine Mahlzeit in Ruhe zu Ende und suche, finde dann schnell das Weite, um seinen Attacken rechtzeitig zu entkommen. So ähnlich drehten sich die Gedanken in meinem Kopf, während meine Gabel den Kartoffelbrei durchfurchte.

Hinterher kann ich mich nie genau daran erinnern, wie es schon wieder geschehen konnte, dass ich in ein langes, langes Gespräch hinein drifte, wie ich wieder eine komplette Lebensgeschichte hörte, wie ich wieder in eine Situation geriet, in der ich schweigend zuhörte, mit aufmerksamem Blick und konzentriert zur Seite geneigtem Kopf.

War es, als er lächelte? Als die Form seiner Lippen mich an die meines Vaters erinnerten?

Oder geschah es in jenem Augenblick, als er mir anempfahl, nach geleertem Teller nicht gleich wieder aufzustehen: „Gelassenheit, liebe Dame." sagte er, und das klang lieb. „Wenn Sie jetzt gleich wieder aufspringen, dann können die schönen Kalorien ja nicht ansetzen!"

„Darüber muss ich nachdenken." grinste ich in mich hinein. „Aber Sie haben ganz recht." fügte ich aus irgend einem Grund hinzu. „Ich bin in der Tat einer dieser Menschen, die sich selbst gern unter wahnsinnigen Druck setzen. Ich bin aufgerufen, da in meinem eigenen Interesse immer wieder gegenzusteuern." Das war – glaube ich – der endgültige Einstieg. Danach gab es kein Halten mehr. Für die nächsten neunzig Minuten erfuhr ich, dass auch der freundliche Herr erst habe lernen müssen, auf sich zu achten. „Wenn Sie zweimal hintereinander für jeweils ein ganzes Jahr nicht mehr laufen können und die Partnerin für Sie sorgen muss, da überlegen Sie schon, was mache ich, verdammt noch einmal, falsch, und was kann ich in meinem Leben ändern." Die Partnerin nickte. Sie war es offensichtlich gewohnt, dass ihr Mann das Reden übernahm, aber sie war keineswegs ein resignierter, mutloser Mensch. Sie war nur still, und ich konnte sehen, wie sehr sie ihren Mann von Herzen liebte. Ich sah es an der Art, wie sie mit seinen Worten mitschwang, sie sogar unsichtbar beflügelte und half, hervorzubringen. Wie sie knappe Bemerkungen einschob, um seinen Fluss in Gang zu halten. Und wie sie sanft versuchte, auch mich immer wieder mit einzubeziehen. Nein, sie war beileibe keine dieser Ehefrauen, die heimlich verächtliche Blicke versenden, während ihr Mann wieder einmal etwas zum Besten gibt, das sie schon hundertmal mit haben anhören müssen. Ihr sah ich an, dass sie mit ihm um sein Leben gelitten hatte. Und so blieb ich gern sitzen. Ich wurde aufrichtig neugierig auf diese beiden, die mir glaubhaft versicherten, ihrem Weg eine neue Richtung gegeben zu haben.

„Brauchen wir wirklich soviel? Wieviel brauchen wir eigentlich wirklich?" Zu dieser Frage und einer möglichen gemeinsamen Antwort hatte sie die körperliche Warnung des Mannes gebracht. Nein, sie brauchten nicht wirklich ein Auto, brauchten kein dickes Polster auf dem Bankkonto über eine durchaus vernünftige Altersvorsorge hinaus. Dafür begannen sie zu reisen, das war etwas, das sie immer wieder auf „später" verschoben hatten. Plötzlich wussten sie: Es gab vielleicht kein „Später", wenn die Beine des Mannes möglicherweise GANZ ihren Dienst versagen würden. Also fand die Frau einen beruflichen Modus, in dem sie jeweils acht Wochen arbeiten und vier Wochen zu Hause bleiben konnte. Das war dann die Zeit, in der sie auf ihre weiten Reisen gingen. Afrika, Bali, Indonesien. Sie zeigten mir ihre Eheringe. „Geheiratet haben wir in Venezuela. Da warnen wir auch schon fünfzig Jahre alt. Es war wundervoll." Abseits der Touristenpfade machten sie ihre Stationen. Gut, das behaupten viele, die reisen. Aber dieser Mann war wirklich voll von Eindrücken, Wahrheiten, von einer Mission, die Schantarke sehr zur Ehre gereicht hätte. „Man muss selbst vor Ort sein, um zu sehen, dass die ganze Entwicklungshilfe eine Farce ist!" erzählte mir mein Tischgenosse voller Leidenschaft. „Die Menschen hören damit auf, selbst etwas anzubauen. Sie stehen statt dessen rauchend auf ihren brach liegenden Feldern und warten auf den

Moment, wenn ein Flugzeug der UNO angeflogen kommt und Hilfsgüter abwirft. Das ist doch keine Hilfe zur Selbsthilfe, ich bitte Sie!" Er redete sich in Rage, und seine Frau nickte leicht dazu, mit zur Seite geneigtem Kopf wie dem meinen.

„Und umgekehrt haben unsere Politiker ein Interesse daran, dass es genau so bleibt. Wir schicken Geld, damit die Leute bloß dort bleiben, an Ort und Stelle und stille halten. Damit sie nur nicht hierher kommen und unsere Ordnung eventuell durcheinander bringen."

Man müsse reisen, müsse mit eigenen Augen sehen, was geschieht, um die Wahrheit zu erkennen, sagte er. Es erwies sich, dass er randvoll war mit Episoden, Erlebnissen, Gedanken und Botschaften. Warum er keine Vorträge halte? Bücher schreibe? Seine Erfahrungen an andere weitergebe? Das fragte ich ihn. Wenn ich er wäre, würde ich es tun, sagte ich.

„Wer will das denn wissen? Wollen die Leute nicht nur weiße Strände sehen, sonnige Bilder, sich erbauen lassen von pittoresken Reisebeschreibungen – anstatt aufgeklärt zu werden über eine Wirklichkeit, die nicht immer lustig sei?"

„Es gibt Neugierige, die vielleicht nicht das Geld und die Möglichkeit haben, zu verreisen. Solche wie mich, zum Beispiel."

Da schaute das Ehepaar mich nachdenklich an. Ja, schon das ist ein Privileg. Weite Reisen tun zu können und dabei immer noch die Altersvorsorge übrig zu haben. Das hatten sie gar nicht recht bedacht, schien es.

Ich stand auf. „Vielleicht konnte ich Sie inspirieren, das alles wenigstens einmal aufzuschreiben." verabschiedete ich mich zur Probe. Vorerst galt es für mich, den Teller und die Seltersflasche zurück zu bringen an den Tresen. Auf beide gab es Pfand zurück. Ein Euro für das Porzellangeschirr. Fünfzehn Cent für die Flasche.

Als ich noch einmal an unseren Tisch trat, da lächelten mir die beiden zu. „Meine Frau hat mich darauf aufmerksam gemacht, dass ich sie kaum habe zu Wort kommen lassen. Dürfen wir fragen, was Sie eigentlich so beruflich machen?" Ich verriet es ihm. „Bei mir rennen Sie also offene Türen ein." sagte ich zum Abschluss.

Ich erneuerte meinen Rat, dass er schreiben müsse. „So viel Briefpapier habe ich nicht." murmelte er skeptisch. „Da reicht auch kein Briefpapier." sagte ich. „Da brauchen Sie schon einige Blöcke. Oder packenweise Druckerpapier." Ich kannte das ja. Wusste, wovon ich sprach. „Und Sie denken an die Gelassenheit, ja?" erinnerte mich der Mann. Ich nickte.

Die letzte Nacht hatte mir ja dann deutlich gezeigt, wie weit es mit meiner Gelassenheit her war. Aber es ist auch ein schwieriges Ding damit! Eine wahre Lebenskunst, ein Balanceakt auf dünnem Seil. Leicht gesagt, dass andere Völker der Erde die Dinge des Lebens um so vieles gelassener angehen als wir Deutschen. Es sei „ein deutsches Phänomen", hatten mir auch die beiden Reisenden mit Inbrunst erläutert, dass wir immerzu unsere Pflicht tun müssen, auch so eine Künstlerin wie ich. Ich bilde da gar keine Ausnahme, wie ich schnell, schnell meinen Teller leer esse, um schnell, schnell wieder vom Tisch aufstehen zu wollen, um schnell, schnell wieder an meinen Schreibtisch zu gelangen. So ginge das doch nicht, so mache das doch krank. Ja. Stimmt. Wenn jedoch Menschen rauchend auf ihren unbestellten Feldern stehen und auf fremde Hilfe warten — oder wenn sie wahlweise auf den Stühlen im Jobcenter sitzen und von den Steuergeldern der Fleißigen existieren, *unserer* Steuergelder!, was Ihr im selben Atemzug anmahntet, Ihr global Herumreisenden — dann ist es natürlich auch wieder nicht richtig, und solches Verhalten fällt keineswegs unter „Gelassenheit".

Nach anderthalb Stunden Nachhausespaziergang durch das Berliner Novemberwetter habe ich keine Lösung gefunden. Als ich in meiner Wohnung ankam, noch immer grübelnd über den Zustand der Welt und meinen eigenen bescheidenen Platz darin, empfingen mich die Mädels mit dampfendem schwarzen Tee, gesüßt von mildestem Honig „Kornblume" aus dem Brandenburgischen (oh je! Dir, mein Herzallerliebster, wird es wieder nicht recht sein, dass ich dieses edle Bienenprodukt zum Süßen des Tees benutze!!! Es gehört auf ein duftendes, frisch geröstetes Stück Toastbrot, ich weiß...) Schantarke hatte den Kaminofen gesäubert, mit Asche die Scheibe geputzt, und nun flackerte ein lebendiges Holzfeuerchen und warf einen warmen Schein auf meine Lieblingskuscheldecke, die ich mir gleich überwerfen würde.

Um den Couchtisch herum saßen sie schon, alle drei, und labten sich – wie ich auch gleich – an der Eierschecke, die Scheheratze würdevoll – nein, nicht selbst gebacken, dazu waren ihre

Finger einfach zu zart – aber durchaus selbst ein-
gekauft hatte, am Backstand des hiesigen
Supermarktes. Immerhin! Ein Geschenk der
Schönen an die Frauengruppe.

Beim Schein der Flammen aus dem Kamin und
von den Kerzen um uns herum, die Scheheratze
nicht vergessen hatte, anzuzünden, erzählte ich
ihnen vom reisenden Ehepaar, das zuletzt ganz
und gar ins Schwärmen geraten war – und dieses
eine Mal war auch die Ehefrau aus sich heraus
gegangen, und im Chor hatten die beiden mir von
letztlich wahren endgültigen Genuss berichtet:
„Es ist der Wechsel der Jahreszeiten, liebe
geschätzte Dame! Als wir jüngst aus Indonesien
zurückkehrten und in der Zeitung lasen, dass
Drachenfest im Park der Buga sei, in Britz, da
hielt uns gar nichts mehr. Da fuhren wir hin. Es
war nur 11 Grade Celsius, also extrem kalt für
unsere Verhältnisse. Aber wir waren
überglücklich im Berliner Herbst." Lassen Sie
mich mal ihren Zeigefinger sehen, habe er einen
Passanten gefragt, und damit war der anfängliche
Scherzkeks im reisenden Ehemann wieder
durchgekommen. So ein Zeigefinger, habe er
dann diagnostiziert, passe haargenau auf den
Auslöser seines Fotoapparates. Er sei
gewissermaßen wie dafür geschaffen. Denn nichts
wollten sie lieber, als sich diesen Augenblick des
Glücks im Bild festhalten zu lassen. Den Berliner
Herbst im Wechsel der Jahreszeiten, und sie
frierend, aber lachend, mittendrin.

„Am schönsten ist es doch zu Hause."
mümmelte Schantarke durch ein kräftiges Stück
Eierschecke in ihrem Mund hindurch. „Ach, hör
doch auf, du Scheinheilige." sagte Scheheratze.

„So bodenständig bist du nun auch wieder nicht. Vorhin hast du mich noch belehrt, am sichersten sei ein Schiff im Hafen, aber dafür sei es schließlich nicht gebaut." „Du bringst wieder alle Themen durcheinander." konstatierte Schantarke. „Aber was will man von einer Prinzessin aus dem Morgenlande auch erwarten. Du folgst nur deinem Gefühl. Deiner Intuition. Na ja, was diesen Kuchen angeht, war das jedenfalls nicht ganz verkehrt."

So ist das hier mit uns, mein Liebster. Und in einer Woche esse ich mein Gebäck wieder mit dir. Ich hoffe, die Mädels dürfen dann noch bleiben. Ich nehme an, du hast nichts dagegen.

Bring halt einfach deine Jungs mit. Hier ist Platz genug für alle.

Montag, 18. Oktober 2010 in Berlin

Es handelt sich um einen Akt der Selbstliebe, bestimmte Lebensmittel denn doch zu entsorgen und nicht mehr zu verspeisen. Das zweite Päckchen Lebkuchen vom letzten Weihnachtsfest weist diesen unverkennbaren Belag auf; außerdem sind die Teile steinhart. Das muss ich nun nicht mehr aus falscher Sparsamkeit verbrauchen, das wandert ohne jegliches Bedauern in den Biomüll. Für die Mikroben ist das sicherlich immer noch ein gefundenes Fressen, für mich ungenießbares Zeug. Längst habe ich mir neue Pakete mit „Herzen, Sternen, Brezeln" gekauft. Wir haben ja Oktober und damit längst schon wieder Vorweihnachtszeit.

„Denken Sie daran", sagte neulich dieser moderierende, humorvolle Fernseharzt, „die Nachkriegszeit ist vorbei. Sie müssen nicht mehr den Schimmel vom Brot abschneiden, um den Rest des Laibes dann doch noch zu essen. Sie tun sich keinen Gefallen damit, glauben Sie mir." Ich habe mich oft gefragt, woher dieses eingefleischte Mangeldenken in mir kommt. Und ich gelange zu keinem abschließenden Ergebnis.

Zuerst dachte ich, dass sei der Einfluss der Kriegsgeneration, vielleicht unterschwellig, denn als reines Oma-Kind habe ich niemals einen Kindergarten als Insassin gesehen und verbrachte meine ganze Zeit mit der Großmutter und ihren Geschichten. Von mir aus hätte es ewig so weitergehen können, aber das hat natürlich so nicht funktioniert, auch bei mir nicht.

Mag also sein, dass sie mir Lieder aus kriegerischen Tagen gesungen hat, aber geizig ist sie eigentlich nie gewesen. Hat sie nicht ein üppiges Haus gebaut mit ihrem Ehemann! Waren sie nicht oft und oft am Meer, einfach „konditorn" oder rasch mal hundert Kilometer mit dem Auto dorthin fahren, wo es das beste Ragout Fin zu essen gab?! Nein, sie haben sich keinen einzigen ihrer heiß ersehnten Genüsse versagt, und die Elterngeneration ebensowenig. Da ist niemand dabei gewesen, der geknausert hätte. Soweit ich mich erinnere, haben sie nichts ängstlich zurück gehalten, sondern wussten jederzeit etwas mit dem anzufangen, was sie sich erarbeitet hatten – und taten das auch.

Woher also mag es kommen, dass ich tendenziell dazu neige, kleine Häufchen zu bilden, sie zu hüten und im Übermaß sparsam zu sein? Und vor allem: Was nützt es mir eigentlich, wenn ich herausbekäme, woher das kommt? Ist es nicht viel lohnender, daran zu üben, es – vorwärts denkend – zu überwinden? Mit dem Geliebten zu verreisen, beispielsweise. Scheheratze nickt. Sie summt schon den ganzen Morgen ein Liedchen.

„Häng den Mond in die Bäume, sag der Nachtigall Bescheid..." Ein uralter Liebesschlager. Den habe ich auch noch angewendet, bei ersten, vorsichtigen Rendezvous im Thüringer Wald.

Beim Abendspaziergang habe ich es übrigens gesehen: Bei mir hier in Berlin hängt der halbe Mond zur Zeit senkrecht am Himmel, wie das aufrecht hin gestellte Viertelchen einer Zitrone. Bei dir, mein Liebster, in Dubai, liegt er waagerecht wie eine kleine orange leuchtende Badewanne am Firmament. Wenn du wieder da bist, muss ich mir das Phänomen von dir erklären lassen, physikalisch, astronomisch, geografisch. Mystisch vielleicht auch.

Jetzt wird dir erst klar, schreibst du, wieso zu den Märchen aus Tausendundeiner Nacht der Mond in dieser Lage gezeichnet ist und nicht anders. Scheheratze gähnt. „Ach, merkt ihr es auch schon!" Häng den Mond in die Bäume... – sie summt weiter.

„Diese frischen Pfefferkuchen der neuen Saison sind wirklich ein Gedicht." Schantarke schwärmt mit vollem Mund auf dem Weg zum Badezimmer. Die Kleine schläft noch.

„Wie gut, dass du die alten, lange überlagerten endlich weg geschmissen hast. Aber wie ich dich kenne, hättest du sie uns gar nicht serviert — und der Kleinen schon gleich überhaupt nicht. Nur du selbst hättest sie dir reingewürgt. Denk mal drüber nach." Und schon hat sie die Tür hinter sich abgeschlossen. Wenig später springt der Boiler an, und die Dusche rauscht.

Ja, es gibt so vieles zum Drüber-Nachdenken. Es gibt eine Menge zu lernen und zu üben, und das hört einfach nicht auf. Montagmorgen in der Großstadt, und ich bin schon wieder mittendrin. Bei dir am Persischen Golf ist fast schon wieder Mittagszeit. Fünf Tage noch.

Fünf Tage ohne dich.

Jetzt scheint die Zeit zu rasen. Plötzlich ist nicht mehr genug Tag im Tag, reichen die Stunden kaum noch aus für das, was ich alles tun möchte. „Kleine Schritte, die sind es..." webt Scheheratze in ihre Melodie ein, extra für mich. „Und immer nur für heute, mach dich doch nicht so verrückt!"

Aus der Perspektive des Mondes, ob nun liegend oder stehend, muss es tatsächlich ein albernes Ding sein, wie ich mich wichtignehme und herumrenne, (manchmal kaum die Zeit finde, mir die Hände einzucremen, weil die Finger ja ständig in Bewegung sind) – und all das, wo ich doch genaugenommen nur ein Pups aus der wabernden Ursuppe des Lebens bin. Aus der Ganz Großen Perspektive ein Pups; für mich selbst jedoch eine ganze Welt.

Von diesen Lebkuchen mit hellem Schokoladenüberzug und schmalen Streifen dunkler Schokolade muss ich unbedingt noch mehrere Kisten kaufen. Wenn erst die Kleine wach ist, kann ich für nichts mehr garantieren.

Dienstag, 19. Oktober 2010 in Berlin

Vor mir liegt eine wunderschön gemaserte Kastanie. Weißt du, woher ihre Anziehungskraft kommt? Gestern Nachmittag in der goldenen Berliner Herbstsonne lag sie vor mir auf dem Weg und schaute zur Hälfte aus ihrer natürlichen Hülle wie die Mondsichel von Dubai aus dem nächtlichen Himmel. Ich bin kein Kind mehr. Schon so viele Herbste (sagt man „Herbste"? oder „Herbsts"? oder gar „Herbstili? –tila?" ich schweife ab) auf der Erde, im Kopf das ganze Wissen um verschrumpelte Kastanien in staubigen Ecken, mit denen keiner weiß, wohin. Es lohnt sich nicht, noch welche davon aufzusammeln, und doch... Und doch haben sie etwas, diese glänzenden Gebilde vom Aussehen edler Hölzer für gediegene Möbelstücke, dass die Hand sich wie von selbst nach ihnen ausstreckt, dass ich sie anfassen will, in der Handfläche spüren und mich immer wieder vergewissern, dass sie noch da ist, die unebene frische Kastanie, das Individuum, denn auch von ihnen ist keine genau so wie die andere. Wie bei uns Menschlichen auch. Der Überbegriff ist „Kastanie", und jede einzelne ist anders als ihre Schwester (ihr Bruder). Der Überbegriff ist „Mensch"; im Prinzip sind wir alle gleich, und doch stellt jeder Einzelne von uns einen neuen Versuch des Lebens dar, sich wieder völlig neu zu erfinden. Immer wieder einzigartige Mischungen. Wenn das kein Wunder ist! Mir ist, als hätte ich das schon mal so geschrieben.

Gut, nun habe ich also auch in diesem Oktober wieder eine Kastanie auf meinem Küchentisch liegen. Sie schaut mir beim Schreiben zu.

Und dir hat beim Abschied ein Freund eine Kastanie in die Hand gedrückt. Er wusste, dass es dir schwer fiel, diese Reise anzutreten. Er ahnte, dass du Heimweh haben würdest, Sehnsucht nach mir, und da war er auf diese Geste gekommen: Er umarmte dich, sagte kein Wort und gab dir die Kastanie.

Als dein Chef dich zusammen mit dem Team in Dubai in ein sehr nobles Restaurant ausführte und du dem Anlass entsprechend dein bestes Jackett anzogst, da stecktest du deine Hand in die Tasche und fandest, berührtest – die Kastanie. Seitdem machst du Fotos mit ihr als Hauptperson. Die Kastanie fährt Metro, sie liegt in einem Palmwedel, als wäre sie der exotischen Pflanze entsprungen; sie bildet den Vordergrund vor dem Burj Khalifa oder dem riesigen Aquarium in der Mall von Dubai. Sie schaut neugierig durch die Glasscheibe auf das Skigebiet, das künstlich mitten in der Wüste angelegt worden ist. Ein Stück Winter bei fast 40 Grad Celsius. Und die Kastanie fügt den Herbst hinzu (dein Herz möglicherweise den Frühling; jedenfalls möchte ich das nur allzu gern glauben).

Die Idee ist nicht neu, ich weiß. Auf meinem Bücherregal steht der originelle Bildband „Die Sehnsucht der Pinguine", in dem zwei Pinguin-

Figuren aus Polyesterharz eine fotografische Reise um die Welt antreten. Aber darum geht es gar nicht, jemanden zu kopieren oder etwas nachzuahmen. Wenn ich die kleine Kastanie aus Berlin vor den Wahrzeichen von Dubai sehe, auf deinen Fingerspitzen vor der Linse balancierend oder ganz autark und selbstbewusst im Hitzeflimmern irgendwo Modell stehen, dann möchte ich über Freundschaft schreiben. Das habe ich schon lange vor, aber ich bekomme das Thema einfach nicht zu fassen. Wieso musste ich so alt werden, um mich so zart und so verletzlich zu fühlen angesichts eines allgegenwärtigen Themas wie Freundschaft? Erst jetzt geht mir auf, was für eine große Kunst das ist, eine wirkliche Freundschaft zu pflegen, zu bewahren. Gerade heute, in Zeiten des Internets, wo jeder leicht die Illusion hegen kann, Tausende, gar Millionen „Freunde" zu besitzen. Aber das ist doch nicht Freundschaft, wenn man E-mailt, postet, sms-t. Was denn aber dann?

Wenn man einem scheidenden Freund, von dem man spürt, dass er traurig ist, eine Berliner Kastanie aus der Buga in die Hand drückt – und keine weiteren Worte dazu verliert?

Ich sehe, die Mädels versammeln sich um den großen runden Tisch von meiner Oma. Das ist eine Sache, die interessiert sie auch. Wir legen die Kastanie – meine gefundene (oder hat *sie* etwa *mich* gefunden und nicht umgekehrt) – in die Mitte der Holzplatte, die – das fällt mir jetzt erst auf – ganz ähnlich gemasert ist wie jene. Du weißt schon, was ich meine. Ich überlege gerade, was ich im Journalistikstudium, Fach Stilistik, damals über die korrekte Verwendung von „dieser" und „jener" gelernt habe.

Will jedenfalls sagen: Kastanie und Tischplatte sind ganz ähnlich schön gemasert, obwohl aus so unterschiedlichen Materialien.

Da sitzen wir nun alle vier erwartungsvoll, Schantarke, Scheheratze, die Kleine und ich, und wollen uns der Freundschaft nähern. Wer fängt an?

„Ich finde, da steckt tiefe Freundschaft hinter dieser Geste mit der Kastanie für die Reise." sagt Schantarke. „Mir hat auch mal jemand eine Kastanie zugesteckt, im allerletzten Moment vor einem für mich wichtigen Vortrag, der mir große Angst gemacht hatte. Vor Lampenfieber hatte ich kaum schlafen und nichts essen können. Dass ich dann schließlich die ganze Zeit diesen Hand-schmeichler spürte, half und tröstete. Und Erklärungen dazu, ich meine, Worte, hätte ich keineswegs gebraucht. Ich wusste schon Bescheid. Die Geste an sich erzählte mir genug."

„In meinem Alter sind Freundschaften noch sehr unzertrennlich." Ja, das ist wahr, was die Kleine da beitrug. Die Art der Freundschaft ist wohl auch vom jeweiligen Alter abhängig. „Obwohl, was ich als Kind erlebte, mich ja auch prägt in späteren Verbindungen." Das war Scheheratze. „Lange Zeit dachte ich, ich tauge überhaupt nicht – zum Beispiel – für Frauen-freundschaften, ich sei eher eine einsame Figur. Dabei war es nur die alte Angst, jemand könnte sich von mir abwenden, wenn ich mich offen so zeige, wie ich wirklich bin, die in mir weiter wirkte. Es wäre jammerschade gewesen, hätte ich nie den Mut gefunden, das zuzulassen und schließlich zu überwinden. Ich wäre weiterhin nur um mich selbst und um Männer gekreist und hätte niemals den Genus einer echten Weiberseelenverschränkung kennen gelernt."

„Man braucht viel Zeit und Geduld miteinander." ließ sich Schantarke wiederum vernehmen. „Und wenn es eine echte Freundschaft sein soll, dann muss ich schon das Risiko eingehen, ganz aufrichtig zu sein. Dadurch sortiert sich ohnehin alles. Die Dinge rücken wie von selbst an ihren Platz, Menschen fallen von einem ab und andere strömen zu einem hin. Klischeebemerkungen wie ‚Ich bin immer für dich da!' mag ich zum Beispiel auch nicht. Das ist nicht ehrlich. Ich *bin* nicht immer für jemand anderen da. Ich bin auch für mich da, für meine Arbeit, für das, was mir wertvoll ist. Wenn ein Freund nicht respektiert, dass ich eine eigene Struktur im Leben habe, die es zu bewahren gilt, zu schützen; dann ist er oder sie kein Freund. Finde ich. Also, ich habe nicht immer – Tag und Nacht – für jemand anderen Zeit; und ich glaube, das würde am Ende auch niemandem helfen."

„Da höre ich ein wenig deine Angst heraus, vereinnahmt zu werden." sage ich. „Kann das sein?"

„Früher war das eine panische Angst, das stimmt. Sie hat mich oft wegrennen lassen."

So nachdenklich und in sich gekehrt sah ich Schantarke selten.

„Und jetzt?" Scheeratze beugt sich ein wenig vor und spielt mit ihrem Schleier.

„Jetzt versuche ich, da zu bleiben. Egal, was für Gefühle das sind, die aus meinem Innersten empor steigen wollen. Ich bleibe präsent. Ich zeige mich. Und so scheint es gut zu sein. Das ist menschlich." Schantarke sah noch niemals zuvor so verletzlich aus.

„Es ist ein ständiges Üben, nicht wahr!" Die Kleine war weise, da gab es nichts.

„Auf keinem anderen Gebiet lerne ich so viel wie in zwischenmenschlichen Beziehungen – gar, wenn sie etwas enger werden. Das wird mir immer klarer, je älter ich werde."

Wir lachen alle. Wie alt mag sie sein? Vier, fünf Jahre? Höchstens sechs...

„In diesem Leben." Jetzt kommt er gleich, der Satz, den Promis gern für sich benutzen, wenn sie ein wenig Magie um ihre Person verbreiten wollen. „Aber ich habe eine alte Seele."

Na ja, warum nicht. Ich selbst hatte oft schon das Gefühl, in uralte Augen zu blicken, wenn ich einem Kind ins Gesicht schaute. Oder wenn mich ein ganz kleiner Mensch aus seinem Kinderwagen anbrabbelte, irgendwie selber ungehalten darüber, dass er sich mir nicht besser verständlich machen konnte, noch nicht. Sie tun manchmal Dinge oder blicken einen an, dass man nicht umhin kann, zu fragen: „Wo kommst du eigentlich her? Wer, um alles in der Welt, bist du? Und was willst du vermitteln?" Viele Mütter wissen das und tauschen sich heimlich darüber aus. Sie machen keine große Sache daraus und hängen es nicht an die große Glocke. Man will ja nicht für verrückt gehalten werden.

Jetzt reden wir Mädels an unserem runden Tisch mit Kastanie alle durcheinander.

„Ein Freund darf mir nicht zum Munde reden."

„Ein Freund muss mich auch in Frage stellen. Selbst, wenn das unbequem ist, für uns beide."

„Er oder sie darf mich nicht festhalten in dem, was ich bis jetzt gewesen bin. Freundschaft muss auch Veränderung zulassen."

„Kleine Geschenke erhalten die Freundschaft. Aber bitte im richtigen Maß. Sonst erstickt man das zarte Pflänzchen gleich wieder, erdrückt den anderen, indem man ihn in Verlegenheit bringt."

„Ein wirklicher Freund darf mir nicht Dinge abnehmen, die ich für mich selbst tun kann."

„Genau, Überfürsorglichkeit ist etwas anderes als Freundschaft!"

„Ein Freund ist jemand, der die Melodie deines Herzens hört und sie dir vorsingt, wenn du selbst sie vergessen hast."

„Nein, Mädels, bitte keine Sprüche! Sprüche gibt es überreichlich über Freundschaft, die helfen uns doch nicht wirklich weiter."

„Das Besondere an unserer Zeit ist, glaube ich, dass der Schein so trügt. Man kann sich leicht die Illusion verschaffen, Teil eines riesigen Freundeskreises von Millionen Menschen zu sein – und dabei vollkommen vereinsamt auf der eigenen Couch zu verschimmeln. Das war früher anders. Da musste man raus gehen auf den Dorfplatz oder irgendwohin, jedenfalls selbst den Hintern hoch heben und sich körperlich unter die Leute mischen. Dadurch haben sich die Fäden erst geknüpft."

„Oder man hatte eben Brieffreundschaften. Aber solche Briefe waren tagelang unterwegs, blieben erst mal liegen, nachdem sie in Muße – wenn es passte, bei Kerzenschein und einer Tasse Tee – gelesen wurden. Und gerne mal erst Wochen später griff man zur Feder, um sie zu beantworten, wieder in Muße, damit man auch selbst etwas von seiner Antwort hatte."

„Ich habe mal eine theologische Psychologin sagen hören, unser Dilemma ist: Wir leben in einer **Zuvielisation**. Alles zuviel, zu schnell, zu geballt. Dabei ist die menschliche Natur doch immer noch genau die selbe wie vor hundert Jahren."

„Man muss auch Pausen machen in Freundschaften." Schantarke findet zu ihrer ursprünglichen Leidenschaftlichkeit zurück. „Eine gute Freundschaft hält das aus und reift noch daran. Man muss Raum lassen, für Gedanken, für Entwicklungen..."

„...damit die Winde des Himmels zwischen euch spielen können." Natürlich, Scheheratze kennt ihren Khalil Gibran, den „Propheten".

„Aber das hat er eigentlich über die Ehe gesagt, nicht wahr?!" Die Kleine kennt ihn also auch.

„Eine gute Ehe *ist* auch tiefe Freundschaft." Nach diesem Satz richten sich alle Blicke auf mich, ist klar. „Aber das habe ich euch doch schon gesagt, das hört ihr von mir nicht zum ersten Mal. Ich habe meinen besten Freund geheiratet. Und wenn er fort ist, sind sie beide weg, der Ehemann und der Freund. Das macht es ja so traurig."

„Bald kommt er ja wieder. Nur noch viermal schlafen, meine Gute."

Ich hatte abschließend über Freundschaft schreiben wollen und die Mädels zu diesem Behufe zum Gespräch gebeten. Jetzt lande ich doch wieder bei dir, und das Thema kriege ich nicht zu fassen. Wie denn auch? Es will *gelebt* werden, geübt, ausprobiert. Versuch und Irrtum.

Und neuer Versuch. Bloß nicht das Herz verschließen und den Rückzug antreten. So wird das nichts.

„Es fängt doch bei mir selbst an." Scheheratze will offenbar ein Schlußwort sprechen. „Zuerst muss ich mir selber eine gute Freundin sein, bevor ich echte Freunde auch im Außen anziehen kann. Ich sage das aus eigener Erfahrung. Seit ich gütig und liebevoll mit mir umgehe, gelingt mir das auch mit anderen, ganz leicht."

„Oh ja, Leichtigkeit." Schantarke gerät fast ins Schwärmen. „Humor, Leichtigkeit, Gelassenheit. Das sind echte Ziele. Ich bin noch weit davon entfernt."

Du bist meine Leichtigkeit, Geliebter. Das habe ich dir oft gesagt, und jetzt, wo du nicht hier bist, fällt es mir doppelt und dreifach auf. Keiner bringt mich gleich am Morgen zum Lachen, singt mir ein albernes Lied oder grinst so breit, dass die Mundwinkel vom Balkon bis zur S-Bahn zu

reichen scheinen. Ohne dich bin ich viel ernster.
Ein pflichtbewußter, oh so disziplinierter, sich oft
unter Druck setzender Mensch, der niemals alles
zu schaffen scheint, was er – was ich, meiner
Meinung nach, eigentlich hätte schaffen müssen.
Das Gegengewicht fehlt; das, was mich immer
wieder ausbalanciert. Jeden Tag fällt mir mehr
auf, was diese Liebe, diese gewachsene Freundschaft zu dir mir schenkt.

„Ich kann deine Gedanken lesen." Das hätte ich
von dem kleinen klugen Kind auch gar nicht
anders erwartet. „Du hast vollkommen recht:
Eine Freundschaft braucht auch Zeit und Raum,
um wachsen zu können. Kinder bestimmen das ja
gern innerhalb von Sekunden: ‚Lass uns beste
Freunde sein.‘, ‚Wir sind jetzt zusammen.‘
Vielleicht tun sie es, weil sie intuitiv spüren, dass
da eine verwandte Seele ist. Aber man darf nicht
enttäuscht sein, wenn es nicht ewig hält.
Menschen gehen weiter, in verschiedene Richtungen, in einem anderen Tempo. Dann muss man
wieder loslassen. Es hilft nichts."

„Das heißt, dass eine Verbindung, die dauert,
ein wirkliches Wunder ist, oder?"

„Sag du es uns, du hast doch die Erfahrung."

„Es *ist* ein Wunder. Wenn zwei wie wir
stolpernd zusammenkommen, Seite an Seite
weitergehen, ohne zu wissen, wohin eigentlich.
Wenn sie dabei miteinander wachsen können und
sich aneinander empor ranken wie Schling-
pflanzen, ohne sich gegenseitig dabei zu
ersticken; wenn das gelingt, dann ist es schon ein
Wunder. Und wenn die Ranken nicht zerreißen,

auch, wenn sie einmal gedehnt werden oder auseinander gedröselt, so wie jetzt, durch diese Reise. Wir sind keine Symbiose, wir sind ein echtes Team."

„Und zwischen euch *spielen* die Winde des Himmels, definitiv." Scheheratze legt mir zart ihren Seidenschal um die Schultern. Eine liebevolle, wahrhaft freundschaftliche Geste.

„Und wie viele Freunde, meint ihr, kann nun ein Mensch haben? Wie viele verkraftet er?"

Das war Schantarke, und die Frage ist berechtigt, wenn ich an die Facebook- oder Twitter-„Freunde", die zig-Tausenden, im weltweiten Netz denke.

„Sei wenigen ein wahrer Freund." Das hatte die Kleine aus ihrem letzten Leben mitgebracht.

„Bei einer weisen Frau habe ich neulich gelesen: Nicht mehr als zwölf." Scheheratze mag spirituelle und geistig weiterführende Literatur. „Jeder Mensch kann sich persönlich um einen Kreis von ungefähr zwölf Personen kümmern, und da sind Mutter, Vater, Verwandte, engste Nachbarn eingeschlossen. Da könnt ihr euch ausrechnen, wie viele wahre Freunde da übrig bleiben."

„Na ja, wenn man es ihr glauben will, jener weisen Frau..."

„Denkt mal darüber nach." Scheheratze scheint es zu glauben. „Ich finde, da ist etwas dran."

Wir heben unsere Runde auf. „Wer nimmt jetzt die Kastanie?" Die Kleine hält sie fragend hoch.

„Lass sie doch liegen. Dann kann sie uns erinnern. An den Wert echter Freundschaft in Zeiten der Zuvielisation." Noch viermal schlafen, dann hänge ich dir, mein Freund, wieder am Hals.

Mittwoch, 20. Oktober 2010 in Berlin

Ach, ich hatte es eigentlich erst wieder mit dir tun wollen, wenn du wieder da bist. Einen Schafskäsesalat vom Türkmann holen, den leckersten, den ich kenne. (Ich meine den Salat!)

Gestern jedoch war mein Appetit so groß nach der abendlichen Friedhofsrunde, da konnte und wollte ich nun nicht mehr widerstehen. Hohläugig vor Gier betrat ich das „Pamukkale". Der schmale kleine Mann, der auch Musiker oder Maler sein könnte — nun ist er eben Salatkünstler geworden — strahlte mir zu und umarmte mich stürmisch. „Wie geht es deine Mann?" fragte er gleich nach der Attacke der Herzlichkeit. „Er ist auf Dienstreise. In Dubai." „Oh. Dubai." Wie er das Wort aussprach! So könnte ich das niemals wiederholen, so weich und rund und vollmundig. Dubai. So, wie er es sagte, klang es gleich ganz anders. Freundlicher. Geheimnisvoller. Noch exotischer, als mir bis jetzt klar gewesen war. Dubai.

Aha. So also musste man das sagen. Da schwang ein Stückchen große weite Welt mit.

„Und – ist dir langweilig?" erkundigte er sich.

„Nein, langweilig gar nicht. Aber er fehlt mir. Sehr."

„Das kann ich gut verstehen. Meine Frau ist in Istanbul geblieben. Ich bin vier Monate hier, in Deutschland, dann drei Wochen bei ihr. Ich liebe sie. Weißt du, ich liebe auch meine Arbeit. Aber diese ständige Trennung, das ist Scheiße."

Ich nickte. Das konnte ich sehr gut verstehen. So etwas darf bei mir auch nur die Ausnahme sein, nicht die Regel. Kein Dauerzustand der Liebe.

Während er mir ein Wunderwerk an Salatkreation zusammenstellte – Schalotten, Tomaten, Mohrrüben und Sellerie, sehr fein geraspelt; Gurke, Oliven, Bohnen und Paprika – und sich auch die Zeit nahm, ein Röschen aus Tomate zur Vollendung des Ganzen zu schnitzen, erzählte er mir die Geschichte, die ihn so traurig machte. Seine Frau habe sogar eine Sprachschule besucht und kann nachweislich fließend Deutsch sprechen. Und dennoch seien die Integrationsgesetze hierzulande so kompliziert, dass bis jetzt noch kein Weg dorthin führte, dass er sie hätte nachholen können. Warum das so schwierig sei, das verstehe er nicht. Seit 17 Jahren arbeite er fleißig zwölf, vierzehn Stunden am Tag. Und, wie gesagt, er liebt seinen Job. Niemals hat er auf irgend einem Arbeitsamt gesessen, er war nie von sozialer Unterstützung abhängig. Trotzdem muss er hier leben und sie in der Türkei. Ob ich das denn gerecht fände?

Ich schüttele den Kopf, obwohl ich nicht weiß, ob er wirklich eine Antwort von mir darauf wollte. Wer so liebevoll Salate macht für zwei Euro fünfzig, als würden sie gleich auf einem Staatsbankett serviert; wer mir dazu noch kostenlos dreierlei

Saucen einpackt und das Fladenbrot anwärmt und ganz leicht röstet, der kann einfach nur ein guter Mensch sein und hat meiner Meinung nach alles Glück der Welt verdient. So ist das. Darum nicke ich. Und ich würde wohl immer noch dort stehen und nicken; würde mich vielleicht sogar persönlich dafür einsetzen, dass seine Frau endlich nachkommen darf zu uns ins Kiez, hätte ich nicht solch einen Bärenhunger gehabt. Karl Marx hatte schon recht (oder war es Friedrich Engels? Oder waren es alle beide zusammen?); mit knurrendem Magen kann der Mensch viel schlechter Revolution veranstalten. Zuerst müssen die körperlichen Bedürfnisse gestillt werden, dann können die geistigen und visionären Ziele folgen. Ich bilde da keine Ausnahme.

Ich soll einen Gruß nach Dubai schicken, ruft der Türkmann mir noch nach, und schon bin ich weg. Reiße zu Hause das Päckchen mit Salat, Brot und Saucen zitternden Händchens auf und esse so, wie ich es meinen Kindern niemals erlaubt hätte: Vor dem Computer, die E-Mails lesend. Das tut man nicht, ich weiß. Wenn du isst, sollst du *nur* essen. Wenn du gehst, sollst du *nur* gehen. Wenn du die neueste Botschaft deines Geliebten aus einem fernen Land zur Kenntnis nimmst, sollst du dabei nicht nebenbei dein Brot in eine Kräutersoße tunken, während du mit der Zungenspitze schon danach angelst. Du sollst auch nicht im Salat stochern, während ein Tränchen der Rührung dir die Wange herunter kullert. Aber ich muss eben noch sehr viel üben, bis ich dereinst weise sein werde. Im Moment bin ich noch unperfekt und mache Fehler. Nichts Menschliches ist mir fremd.

Heute haben wir reinstes, feinstes Schriftstellerwetter in der Stadt. Grau, trübe, naß und kalt. Und ich hatte mit meiner Frauengruppe nachmittags vorm Yoga noch ein wenig spazierengehen wollen. Nun wird es wahrscheinlich das Café Behring werden. Auch gut. Auch gut.

Mir fällt erst jetzt auf, was das heute wieder für ein Datum ist: 2010 2010. Ob die Standesämter aus allen Nähten platzen? Ich weiß noch, wie du und ich zuerst am 20.06.2006 hatten heiraten wollen, aber du protestiertest mit Zeter und Mordio! Um Gottes Willen, wo dachte ich nur hin! Da war doch Fußball-Weltmeisterschaft!!! Keine Zeit für Hochzeitsdinge, da warst du schon vollkommen in Anspruch genommen und hättest keinen Nerv gehabt für eine andere Zeremonie.

„Und das macht deine Frau mit?" soll ein Kollege dich gefragt haben. Heiraten verschieben wegen Fußball, meinte er. Und – ja, das machte deine Frau mit und fühlte sich gar nicht im Hintertreffen dabei. So ist das, wenn eine im Herzen weiß, dass sie geliebt wird, und dass das nichts mit ihr zu tun hat. Frauenrechtlerinnen mögen das anders interpretieren. Aber für mich ist das nur ein weiterer Beweis dafür, dass sich nicht von außen bewerten lässt, was im Inneren eines anderen Menschen vor sich geht.

Wir heirateten dann „05-08-05" und erneuerten unseren Bund „04-05-06". Das sind auch alles schöne Zahlenverbindungen in einem Datum, und wie man am heutigen Tag deutlich sehen kann, kommen sowieso immer wieder neue schöne Zahlenverbindungen nach. Was wirklich „zählt", das ist das dazu gehörige Gefühl. Und, wie mir gerade einfällt, hat auch das schon Friedrich Engels gewusst. „Ist nur die auf Liebe gegründete Ehe sittlich, so auch nur die, worin die Liebe fortbesteht." (aus: „Der Ursprung der Familie, des Privateigentums und des Staats", geschrieben Ende März bis Ende Mai 1884)

„Wozu habt ihr eigentlich geheiratet?" Scheheratze ist auch schon wieder unterwegs. „Ich meine, ihr lebtet doch gut und durchaus glücklich seit sechzehn Jahren auch ohne Trauschein miteinander, soviel ich weiß."

„Der Wunsch ist von innen gewachsen. Fast gegen unseren Willen. Oder fast gegen *meinen* Willen, muss ich ja sagen, da ich doch nur von mir sprechen kann und nicht von ihm. Er hat es mir aber so ähnlich beschrieben." Ich erinnerte mich genau. Wie er sich eines Tages in der Küche, gerade vor diesen Platz, auf dem ich jetzt sitze und schreibe, hin kniete und mich fragte: „Willst du mich heiraten?"

„Ja, aber bitte nicht sofort!" antwortete ich voller Angst vor dem Verlust meiner Freiheit, wie ich sie damals verstand. Ich wollte schon, aber ich musste in mein „Ja" doch erst hineinwachsen. So war es oft in meinem Leben. Ich traf eine mutige Entscheidung, die mir zum Zeitpunkt ihres Getroffenseins noch ein wenig um die Hüften schlabberte; die mir eigentlich noch zu groß war, und in die ich erst hineinwachsen musste. So ist mein Weg.

Und so war es auch mit dieser Zustimmung zur Ehe. Der Kniefall fand tatsächlich etwa ein ganzes Jahr vor dem Standesamt statt. Und gut so, dass ich Zeit hatte, mir alles noch einmal genau zu überlegen. Ich holte Meinungen ein, sprach viel darüber, beschrieb mein Tagebuch über und über mit all meinen Für´s und Wider´s. Es ist ein komplizierter Vorgang gewesen, ja. Aber es kann nicht so ganz verkehrt gewesen sein, denn als ich mein „Ja" schließlich sprach, im Roten Rathaus vor einem wundervollen Beamten, da meinte ich es wirklich so.

Es war nicht halbherzig. Ich stand dahinter. Und habe mich seitdem an jedem einzelnen Tag darüber gefreut. Ich bin so gern mit dir verheiratet, mein Schatz. Das ist nach fünf Jahren und fast drei Monaten noch immer so.

„Ich verstehe trotzdem nicht, was sich nun so Gravierendes für euch geändert haben soll."

Scheheratze kann ich nicht überzeugen. Sie flattert durch die Lüfte und mag ungebunden sein.

„Das kann man nicht erklären." kapitulierte ich denn auch ein wenig. „So etwas kommt nicht aus dem Kopf, aus der Vernunft. Ich wage gar nicht, daran zu denken, wie erst Schantarke dagegen wettern würde. Zum Glück scheint sie heute etwas länger zu schlafen. Ich habe sie noch nicht gesehen."

„Sie hat sich gestern Abend noch ein wenig um die Kleine gekümmert, glaube ich." sagte Scheheratze. „Die war nach unserer Freundschaftsdebatte irgendwie sehr Trost-bedürftig. Aber wie ist das denn nun mit deiner Freiheit? Ich kann sehr gut verstehen, dass du dich gefürchtet hast, sie einzubüßen."

„Habe ich nicht." sage ich wahrheitsgemäß. „Das Gegenteil ist eingetreten. Und gerade in solchen Zeiten wie jetzt merke ich das. Über fast fünftausend Kilometer — so eine lange, weite Reise — fühle ich mich ihm doch nahe, und das kann auch daran liegen, dass wir richtig ‚Ja' gesagt haben zueinander. Dass jeder seinen Ring trägt, dass ein jeder sehen kann, wir sind ein Paar, dass wir den selben Nachnamen tragen — dazu habe ich ja auch noch mal eine Weile gebraucht, ehe (ehe!) ich mich dazu entschloss! Die Geschichte beschreibe ich in meinem Manuskript ‚Liebste Elfriede', das aber erst *nach* diesem hier veröffentlicht wird. — alle diese scheinbar kleinen Dinge tragen dazu bei, dass ich nicht mehr das Gefühl habe, verlorenzugehen. Ich kann mich völlig frei bewegen innerhalb dieser liebevollen Ehe, das merkst du ja auch, gerade jetzt, in diesen Tagen des Alleinseins. Aber ich gehöre eben auch zu jemandem, und ich habe ihn mir frei gewählt. Das ist ein wundervolles Gefühl."

„Ich muss es dir glauben." Das sagt sie jetzt halb singend und ihre Gewänder um sich her verteilend. „Keine Ahnung, ob ich so etwas auch eines Tages erlebe; es klingt aber schön. Hast du nicht sogar mal eine Art Aphorismus darüber verfasst? Mir ist, als sah ich ihn in deiner Schublade, neulich…"

Ich sage nichts dazu, dass Scheheratze in meinen Schubladen herum forscht. Es würde nichts nützen. Sie täte es ohnehin wieder, ungeachtet meines Protestes. Und was soll es; sie schadet mir ja nicht damit. Im Gegenteil: Sie inspiriert mich und erinnert mich. Wie gerade jetzt.

„Ja, las mich mal suchen. Der kleine Text müsste auch hier, in diesem Notebook, abgespeichert sein... – Na bitte, da ist er ja schon. Katrin Richter proudly presents Clara Felder, die sich damals hinter dem Pseudonym versteckte, so ungewohnt erschienen ihr die eigenen kühnen Gedanken über die Ehe, über das Heiraten:

‚Im Allgemeinen scheint man zu glauben, eine Frau sei unfrei, wenn sie sich für Hochzeit entscheidet, wenn sie den Ring überstreift. Je älter ich werde und je reifer meine Liebe, desto mehr halte ich das genaue Gegenteil für möglich: Eine Frau kann um so freier ihre Kreativität leben und sich sicher dabei fühlen, desto fester das Fundament ist, von dem aus sie die Welt erkundet. Warum sollte dieses Fundament nicht der ›Bund fürs Leben‹ mit einem geliebten Mann sein ? –

Oder ist das bloß ein Ausdruck mangelnden Gottvertrauens ? Gott – wie ich ihn verstehe – würde eine solche Heirat befürworten, und eine solche Lebensbasis...‘ "

„Wann hast du das geschrieben?" Scheheratze reißt die schönen Augen auf.

„Keine Ahnung. Als ich über das Heiraten nachdachte, eben. So vor sechs, sieben, acht Jahren vielleicht."

„Und Mädchen, du hast recht behalten!" Scheheratze hatte nachgezählt.

„Sieben deiner bisherigen elf Bücher und acht, fast neun, deiner dicken Tagebücher hast du allein in den Jahren deiner Ehe geschrieben beziehungsweise veröffentlicht! Kaum zu glauben. Du bist kreativer denn je, meine Gute!"

„Ja, so ist es wohl." Jetzt werde ich nachdenklich. „Und es hört nicht auf. Es hört einfach nicht auf."

„Ist das nicht schön?" Scheeratze pirscht sich heran und nimmt mich in den Arm.

„Das ist so völlig un-zynisch und fast ein bisschen wider den Zeitgeist, den angeblich herrschenden."

„Über mich herrscht er nicht."

„Mach dir nichts vor, über dich herrscht er auch." Sanft redet Scheeratze auf mich ein. „So lange du part of the game bist, und das bist du, ob du das nun willst oder nicht, so lange bist du auch von deiner Zeit beeinflusst. Aber du kannst trotzdem etwas Eigenes daraus machen. Und mein Eindruck ist, das tust du auch. Das übst du, Tag für Tag, kraft deiner Wassersuppe. Und du gibst dein Bestes. Mehr kann man nicht tun."

„Na, wenn du das sagst." Ich war nicht ganz überzeugt.

„Ja, ich sage das." Scheeratze war jetzt eindeutig die Stärkere von uns beiden.

„Und ich bin schon länger auf der Welt als du. Tausend und eine Nacht. Vergiß das nicht."

Ich vergesse es nicht. Und jetzt gebe ich ihr die Umarmung zurück.

Sei umärmelt, Scheeratze. Bis ich den Geliebten wieder umärmeln kann.

Donnerstag, 21. Oktober 2010 in Berlin

Die Tage sind gezählt, bis diese Dubai-Reise vorüber sein wird. Am Ende rast die Zeit, und ehe ich es mich versehe, bist du wieder hier.

Zum Schreiben stelle ich mir jetzt immer zwei hohe rote Kerzen links und rechts des Notebooks hin, zum Zeichen dafür, dass das Arbeiten Lust, Freude und Genuss sein soll; nicht Last und Plage. Heute bin ich schon zeitig aufgewacht; ich möchte ja auf jeden Fall MEIN PENSUM noch verfassen, bevor ich mich auf die Lesung am heutigen Abend vorbereite.

Die Kerzen stören jetzt. Heute scheint eine freundliche Oktobersonne durch das Küchenfenster von hinten über meine Schulter direkt auf meinen Bildschirm. Das gibt genügend natürliches Licht. Die Kerzen blenden da auf reflektierende Weise nur.

Ich puste sie aus und denke daran, wie ich gestern die Kleine habe hingebungsvoll Kerzen auspusten sehen, mit kekskrümeligem Mund und voller Konzentration. Sie ist jetzt wieder ganz Kind und singt in den allerhöchsten Tönen selbst erfundene Melodien. Wenn ich sie anschaue, ahne ich, woher der Ausdruck kommt: „Ein Bild für die Götter."

Die Lesung also, heute Abend. 1996 hatte ich zum ersten Mal eine Buchlesung und seitdem immer wieder welche; irgendwann habe ich damit aufgehört, sie zu zählen. Man könnte meinen, daraus sei eine Routine entstanden, aber dem ist nicht so. Vor jeder neuen Veranstaltung spüre ich das Lampenfieber im Bauch; auf jede bereite ich mich vor. Soll ich nun außer meinem Vorwort aus zwei Geschichten vortragen, bevor ich dann zur Liebesgeschichte eines der Pärchen im Buch komme? Oder soll ich dem geschätzten Publikum etwa sogar drei Erzählungen zumuten, bevor ein Freund und ich mit verteilten Rollen den Dialog zwischen Angela und Cengiz zum Besten geben? Das sind Fragen, die mich beschäftigen, und wegen denen ich sogar manchmal mitten in der Nacht aufwache, um sie mit meinen Gespenstern und Geistern zu erörtern.

Ich habe noch gar nicht erwähnt, um welches meiner Bücher es heute Abend im Café Behring gehen wird: „Zu Hause ist, wo ich verliebt bin. Ausländische Jugendliche in Deutschland erzählen". Passend zur Integrationsdebatte, die in Deutschland gerade läuft (ich hatte es, glaube ich, schon erwähnt), möchte ich an dieses Buch erinnern, das aktuell ist wie eh und je, obwohl es schon zur Leipziger Buchmesse 2004 erschien. „Ein Buch erscheint." Dieser Ausdruck gefällt mir sehr – und er trifft zu, wie ich ganz genau weiß. Ein Buch war eigentlich schon immer da. Ein Schreiber holte es aus der Unsichtbarkeit. Und nun *erscheint* es.

Wird sichtbar und lesbar für alle, auf der materiellen Ebene. Das ist genau, was ich empfinde bei meiner Arbeit.

Vierundzwanzig Jugendliche aus neunzehn verschiedenen Nationen, die ich alle persönlich getroffen und denen ich zugehört habe, sind im Buch versammelt. Im Alter sind sie zwischen 14 und 21 Jahren, und sie leben in Stadt und Land; ich fuhr, um ihnen zu begegnen, kreuz und quer durch Deutschland. Nun fällt mir die Auswahl schwer. Wem soll ich eine Stimme geben? Wen nur kurz erwähnen? Eigentlich soll eine Buchlesung ja nur neugierig machen; lesen müssen die Leute schon selbst. Ich bin froh, dass ein guter Freund mir beisteht, wenn es um die Geschichte des multikulturellen Liebespaares geht, Angela aus Russland, Cengiz aus der Türkei. Den Rest entscheide ich selbst. Zwei oder drei Geschichten nach meinem Vorwort, das einen guten Überblick über den Gesamtinhalt des Buches gibt? Ich komme zu keinem Ergebnis.

Normalerweise würde ich das mit dir besprechen, mein Herzallerliebster. Abendrunde für Abendrunde würde ich es vor deinen geduldigen Ohren ausbreiten, abwägen, verwerfen und neu ausbreiten. Ich wüsste, du würdest die Organisation von mir fern halten, den Buchverkauf übernehmen, die richtigen Fragen aus dem Publikum stellen, wenn die Diskussion zu stocken droht. Wir sind ein eingespieltes Team, und heute bist du in Dubai anstatt in Berlin. Ich bin allein mit meiner Lesung und grübele.

„Du bist nicht allein." Hallo, Schantarke. „Was hältst du davon, wenn ich deinen Büchertisch aufbaue und den Verkauf übernehme? Traust du mir das zu?" Na, hör mal. Da gibt es kaum etwas, das ich Einer wie Schantarke nicht zutrauen würde. „Also abgemacht. Eine Stunde vor Beginn

der Lesung gehe ich runter und baue alles auf.
Keine Sorge, das wird schon."

Habe ich genug Wechselgeld? Wie viele Bücher
sollen wir mitnehmen? Was ist noch zu beden-
ken? Ha! Und was ziehe ich an???

„Eine wichtige Frage. Kein Zweifel." Jetzt fühlt
sich auch Scheheratze angelockt, die bis eben
noch die schönen Fotos studierte, die du, mein
Schatz, gestern übers Internet gemailt hast. Der
traditionelle Basar in Dubai, der Souk, sieht im
Gegensatz zu all den weißen Wolkenkratzern
denn doch sehr orientalisch aus, und Scheheratze
würde nur zu gern dort herum schlendern,
Tücher befingern, Schmuckstücke begutachten,
um Spezereien feilschen.

Da fällt mir ein (ob es an den Bildern vom Souk
lag?), ich habe heute Nacht von wunderschönen
Kleidungsstücken geträumt. Du weißt ja — und
die Mädels wissen es inzwischen auch — wie sehr
ich diese indischen Stoffe, Blusen, Tuniken,
Kleider liebe, und das schon seit meiner Jugendzeit. Es muss die ganz weiche Baumwolle sein, die
oft mit Gold- oder Silberfäden durchwirkt und
mit den geschmackvollsten, farbenfrohesten
Mustern bedruckt ist. Und auf so etwas stieß ich
bei einem meiner Streifzüge durch ein Berliner
Kaufhaus, wie ich sie manchmal zur Entspannung
unternehme. Da hing eine wunderschöne Bluse in
Blautönen, über und über geschmückt mit Orna-
menten aus dem Morgenland, so zart, dass ein
unsichtbares Lüftchen aus einer Klimaanlage sie
bauschte. Ich wollte sie unbedingt haben und
kämpfte noch mit meinem Geiz, da präsentierte
mir eine Verkäuferin die passenden Seidenschuhe

dazu. Ebenfalls blau und so winzig, dass ich zuerst meinte, da fügt sich mein länglicher Fuß niemals hinein; hoffentlich zerreiße ich sie bei der Anprobe nicht. Aber weit gefehlt! Ich schlüpfte in die Ballerinas, und sie schmiegten sich um meine Zehen, Ballen, Fersen wie eine zweite Haut. Kaum trug ich sie, wollte ich tanzen. Ich schwebte, anstatt zu laufen, und damit verlor sich auch mein Anflug von Sparsamkeit (ich möchte nicht ein zweites Mal das Wort „Geiz" verwenden). Nun war klar: Ich musste nicht nur diese Schühchen, ich musste auch das Blüschen haben, koste es, was es wolle, und zwar wortwörtlich.

Später, auf einer Restauranttoilette, wollte ich es ungeduldig anprobieren. Da stellte sich heraus, sie hatten mir das falsche Kleidungsstück eingepackt. Die Bluse hatte zwar den selben Schnitt wie die ersehnte, indische; aber sie war rosa und aus einem wollenen Material. Ich würde sie umtauschen müssen.

Mag jeder selbst in seinem eigenen Traumdeutungsbuch nachsehen, was mir das wohl sagen wollte.

Also, Scheheratze hat schon eine Idee für mein outfit heute Abend. Schwarze Hosen, schwarze Schuhe, das cremefarbene Jerseykleidchen und die coole Jacke. Dazu den rosa Seidenschal aus Ascona am Lago Maggiore. „Der hat dir bisher noch immer Glück gebracht." Als Schmuck empfiehlt sie meine Hochzeitsohrringe, die in allen Farben des Regenbogens funkeln, wegen der vielen aufgeklebten Miniatursteinchen. Ansonsten sind sie eigentlich weiß. Aber sie stellen sich auf ihre Umgebung ein und spiegeln das Licht, die Energie, die Gedanken der Menschen. Es sind magische Ohrringe. Darum werde ich sie auch tragen und Scheheratzes Empfehlung folgen.

Aber was lese ich – und wieviel? Ich möchte mein Publikum nicht langweilen, aber auch nicht unterfordern. Was ist das rechte Maß?

„Frag sie doch, die Leute. Kommuniziere mit ihnen." Das ist der Rat von Schantarke.

Es ist ein guter Rat. Ja, Schantarke, genau so werde ich es machen. Ich werde meinen Plan vorstellen, in seinen beiden Varianten, und dann werde ich in die Gesichter blicken, in ihre Augen und werde meine Entscheidung treffen. Möge es für uns alle ein schöner Abend werden. Was kann man von so einer Lesung erwarten? Dass der eigene Horizont sich weitet.

Im allerbesten Falle. Dass das Herz sich öffnet und der Blick woanders hin gelenkt wird, als der Alltag es üblicherweise zulässt.

Ich bin froh über meine gute Ausbildung. Während des Studiums zur Journalistin, fünf Jahre einschließlich praktische Exerzitien, dem sogenannten Volontariat, lernte, übte ich viele Dinge, aus denen ich heute noch Nutzen ziehe – oft, ohne es überhaupt zu bemerken. „Sprich niemals *über* die Menschen, sondern geh hin zu den Menschen und höre ihnen zu. Lass sie selbst von sich erzählen." Das ist zum Beispiel so ein Grundsatz — zumal für eine Frau, die beim Radio gearbeitet hat — wie er mich heute noch glühend durchdringt. Darum habe ich auch keine Interviews per Telefon oder per E-Mail geführt, sondern ich reiste, ich traf mich mit meinen Gesprächspartnern, ich lauschte ihnen viele Stunden lang – und wenn es sein musste, auch noch an einem anderen Tag, weitere Stunden lang. So kamen intensive, vertrauensvolle Aussagen zustande, und ich würde es wieder so tun, wenn ich noch einmal die Kraft dafür fände. Nach insgesamt fünf solchen Büchern war sie erst einmal verbraucht.

Aber „Geh hin zu den Leuten, sprich nicht über sie, sondern mit ihnen." das praktiziere ich immer noch, weil ich gar nicht anders kann; und es findet Eingang in alle meine Bücher und Tagebücher, wenn nun auch eher mittelbar als unmittelbar. Ich bin es zufrieden.

Ein Autor hat eine Lesung niemals vollständig unter der eigenen Kontrolle. Ich muss flexibel bleiben, im Geist und auch im Handeln. Morgen weiß ich mehr und werde es dir berichten.

Freitag, 22. Oktober 2010

„Kommt jetzt ein Abschied?" Scheheratze macht ein besorgtes Gesicht.

„Nein. Bitte bloß kein Abschied." Da kann ich sie wirklich beruhigen. „Wir gehen nicht voneinander fort. Ihr bleibt Teile von mir. Und ich von euch."

„Ist denn dein Konzept für die Lesung gestern Abend nun aufgegangen?" Schantarke pirscht sich neugierig heran. Sie hat die Kleine auf dem Arm. Ich hätte nicht gedacht, dass die Eine so anschmiegsam, die andere so mütterlich sein kann. Aber schließlich weiß keiner von uns, wozu er fähig ist, welche unentdeckten Seiten noch tief in einem schlummern, geduldig darauf wartend, an die Oberfläche kommen zu dürfen, endlich, endlich gebraucht zu werden.

„Ja, es war wunderbar." Ich erzähle den Mädels ausführlich und weitschweifig von meinem zugewandten, konzentrierten, im selben Takt mit mir atmenden Publikum. Davon, wie gut es ankam, dass ich die Jugendlichen selbst von sich erzählen ließ, anstatt über sie zu sprechen, gar sie zu bewerten oder den Stab über sie zu brechen, wie das ja offensichtlich Usus geworden ist in diesem Land. Man sitzt an seinem warmen Schreibtisch, abgepolstert durch Gehalt und sichere Pensionsvorsorge und lässt mal eben raus, was einem so durch den Kopf geht, was man schon immer mal absondern wollte. Nein, ich höre gleich wieder auf damit, ich schreibe mich erst gar nicht in Rage. „Don´t fight the darkness." schrieb eine weise Frau in einem indischen Ashram. „You will lose your energy." Kämpf nicht an gegen die Dunkelheit. Du wirst nur deine Energie dabei verlieren. Konzentriere deine Kraft lieber darauf, selbst ein lichtvolles Beispiel zu geben. Stärke das Positive; zeige auf das, was du meinst. Nur dieses eine Mal möchte ich es gesagt haben, wie sehr es mir auf die Nerven geht, dieses offenbar funktionierende Marktsegment: Man produziert einen Aufreger, tritt einen Sturm der Entrüstung los, spricht aus, was sich niemand bislang auszusprechen wagte (vielleicht auch, weil es einfach zu platt ist und zu undifferenziert), lässt sich für eine Zeit als Sau durchs Dorf treiben, um danach — mit gefülltterem Konto als zuvor — wieder in der Versenkung zu verschwinden. Jungautorinnen haben es so gemacht, Fernsehmoderatorinnen, Politiker. Die Gesellschaft funktioniert im Moment so. Journalisten springen an, die Meute hetzt hinterher wie Lemminge, die sich in Massen von Felsen stürzen. Um gleich darauf die Richtung zu wechseln und eine nächste Sau durchs Dorf zu treiben. Ich möchte nicht so klingen, als wäre ich selbst gern diese Sau, und als spräche aus mir nur der Neid der Bestsellerlosen.

Ich sehe nur das Spiel, den Mechanismus. Und ich weiß aus eigener Erfahrung, dass eine Gesellschaft nicht so bleiben muss, wie sie jetzt gerade ist. Ich bitte Euch, wer, wie ich, ein ganzes Land hat untergehen sehen, eine scheinbar festgefügte Ordnung mit — ja! Das auch! — abgesicherter Altersvorsorge und klar festgelegten Lebenslinien auf Jahrzehnte voraus, der kann nicht mehr daran glauben, dass es irgend etwas Unveränderliches gibt im Leben.

„Außer der Liebe." Scheheratze klingt verträumt, wie sie das sagt. Und sie hat recht.

„Ja, außer der Liebe. Ich meine die wirkliche Liebe, jene, die alles und jeden anderen Menschen mit einschließt. Jene, die weitet, nicht engt."

„Habt ihr die Liebesgeschichte von Angela, der 16jährigen Russin und Cengiz, dem 21jährigen Türken aus Köln, gestern auch vorgetragen im Café?" Schantarke ist neugierig. Wie immer.

„Ja. Klar." Ich lächele bei der Erinnerung. „Das war eine Premiere. Mein Freund Dirk war ein wunderbarer Cengiz. Nicht nur, dass er eine schöne, tiefe Stimme hat. Er kann betonen wie ein Rundfunkmoderator, er fühlt sich ein und ist charmant. Wir haben miteinander harmoniert; nicht nur vorgetragen, sondern fast geschauspielert. Die Leute fragten uns, ob wir dafür geprobt hätten. Es war aber eine Lesung aus dem Stegreif!"

„Könnte man daraus kein Hörbuch machen? Das machen doch zur Zeit alle."

„Das fragte uns das Publikum gestern auch." antwortete ich Scheheratze auf ihre Frage.

„Aber ich kann das nicht alleine stemmen. Dazu bräuchte ich schon einen Verleger. Es ist eine finanzielle Frage und eine kräftemäßige. Aber sonst – Lust hätte ich schon dazu."

„Habt ihr die ganze Geschichte gelesen oder nur einen Teil davon?" Schantarke wäre auch gern dabei gewesen. Sie hütete aber das kleine Kind. Es schläft so unruhig in letzter Zeit.

„Mittendrin fragte ich die Leute, ob es zu lang wird. Aber sie schüttelten fast entsetzt ihre Köpfe. Nein, um Gottes Willen! Ich sollte weiter erzählen, wir sollten bis zu Ende vorlesen. Was wir dann auch getan haben. Am Schluss verbeugten wir uns artig wie zwei Hofschauspieler. Ach, ich liebe meinen Beruf, Mädels. Ganz ehrlich. Eine Schriftstellerin braucht ein Café als ständigen Lesungsort. Und sie braucht solche Freunde, die sie unkompliziert und innig unterstützen. Was bin ich doch beschenkt. Ein glücklicher Mensch."

„Du gibt's auch viel, vergiß das nicht." Scheheratze streckte ihre zarte Hand aus und streichelte über den Ärmel meines Bademantels, in dem ich dieser Tage morgens arbeite. Na ja, auch vormittags. Manchmal sogar bis zum Mittag. Ich gebe es ja zu.

„Trotzdem, nichts von alle dem ist selbstverständlich. Ich staune an manchen Tagen selbst, wie es sich so um mich herum fügen konnte. Nicht immer! An anderen Tagen ertrage ich die Geräuschkulisse kaum. Dann wünschte ich mir eine einsame Insel und klopfe nach oben mit dem Besenstiel an die Decke, versuche, mir nach unten Luft zu verschaffen, indem ich um leisere Musik bitte. Ich bin nicht stolz darauf, wenn mich die Contenance verlässt. Und dennoch, es passiert. Ich bin eben ein Mensch du keine Heilige."

„Ich glaube, das hast du in diesem Text schon einmal so ähnlich geschrieben." Schantarke feixt.

Sie findet es im Übrigen gar nicht mal so verwerflich, einfach nur menschlich zu sein.

„Was ist eigentlich in diesem Augenblick in Dubai los?" erkundigt sie sich, der Kleinen auf ihrem Arm selbstvergessen durch die blonden Locken wuschelnd.

„Ich weiß nicht. Er baut, glaube ich, gerade seine Technik ab. Soll ich mal probieren, ob das Telefon mit der Berliner Nummer noch eingestöpselt ist?" Die Mädels feuern mich an.

„Ja. Los. Probier doch mal. Du hast ja nur Angst, die Inspiration zu unterbrechen. Aber die findest du schon wieder. Verlass dich drauf. Wir helfen dir dabei." Na gut. Ich glaube euch.

„Und, wie war´s?" Drei Augenpaare starren mich an, als ich vom Telefonplatz zurückkehre. „Oh je, ich habe ihn noch mitten in der Sendung gestört. War aber nicht schlimm, sagte er. Er hat sich gefreut, mit bubberndem Herzen."

„Sie senden nach deutscher Zeit?" Schantarke hat mitgerechnet.

„Ja, genau. Und ich habe das wohl immer noch nicht ganz verstanden. Sie sind uns zwei Stunden voraus, aber sie richten sich nach den üblichen Berliner Radiogewohnheiten. So ist das, und ich habe mitten in der laufenden Sendung angerufen."

„Da schämst du dich nun."

„Ja, da schäme ich mich tendenziell ein bisschen, obwohl ich weiß, ich muss das nicht tun."

„Wie geht es dir denn nun, nach all der Zeit, und mit dem Wissen, dass er morgen wieder hier sein wird?" Wieder sind es alle drei, die mich anschauen.

Ja, wie geht es mir?

„Morgen um diese Zeit" ist unser wichtigster Satz geworden. „Morgen um diese Zeit fliege ich direkt in den Vollmond hinein." hast du mir schon gestern Abend gesagt. „Morgen um diese Zeit" steige ich gerade in die S-Bahn, die mich zum Flughafen bringt. Dabei soll ich doch nicht „morgen" leben, sondern heute, jetzt! Ich falle immer wieder da heraus.

Auf den allerletzten Metern greift doch noch die Ungeduld nach mir. Ich scharre mit den Hufen und kann es kaum mehr erwarten, dich nun endlich wiederzusehen. Wo du doch so nah klingst am Telefon, wo auch heute Morgen schon wieder eine E-Mail von dir in meinem elektronischen Postfach liegt. Komm her! Es reicht!! Ich war so tapfer. Jetzt will ich es nicht länger sein. Jetzt lasse ich meinem Herzen die Zügel schießen.

Gestern Nacht ist Loki Schmidt gestorben, die mit unserem Altbundeskanzler Helmut Schmidt seit beider Kindertagen zusammen gewesen und über siebzig Jahre lang verheiratet gewesen war. 91 Jahre alt ist sie geworden, und du vermutest, dass sie vielleicht die 100 hätte vollenden können, wenn sie nicht so stark geraucht hätte. „Hätte, hätte" – wir wissen beide, dass man das nicht sagen darf. Du jedenfalls bist an dieser Stelle wieder einmal froh und dankbar, dass du vor nunmehr dreizehn Jahren die erste Zigarette hast liegenlassen können. Wir leben rauch- und drogenfrei, wir zwei. Nicht, weil wir solche Gesundheitsapostel wären, sondern, weil wir rechtzeitig, in jungen Jahren schon, unsere persönlichen Tiefpunkte erreichen durften. Es gab eine Zeit, da war ich dem Tod näher als dem Leben, und da bin ich noch keine 34 Jahre alt gewesen. Als ich gestern Abend nach der Lesung gefragt wurde, was denn mein Antrieb sei, mein Hauptmotiv dafür, dass ich mir so viel Arbeit mache, dass ich alles, was in meiner Macht steht, tue für mein Schreiben, meine Bücher, meine Berufung.

Natürlich wohnt mir ein Idealismus inne, der vielleicht ohnehin zu meinem Wesen gehört, und der durch mein Aufwachsen im sozialistischen Wertesystem bestimmt noch befördert wurde. Selbstverständlich bin ich auch eine Vollblut-Journalistin, die nur zu gern auf die Leute zugeht und herauszufinden sucht, was den Menschen im Innersten bewegt und zusammenhält. Aber dies ist eben auch wahr und vielleicht sogar in meinem innersten Kern:

Nach meiner schlimmsten Krise packte mich der heiße Wunsch, diesem geschenkten Leben Sinn zu verleihen. Und ich weiß mir keinen besseren Sinn als diesen literarischen. Er scheint am besten zu mir zu passen und natürlicherweise zu mir zu gehören. Daher handele ich.

„Weißt du noch? Am Anfang stand eine Frage." Scheheratze verfällt wieder in ihren üblichen Singsang.

„Welche Frage meinst du denn?" Ich kann mich nicht recht erinnern.

„Na – Wer macht eigentlich die weitere Reise? Der, der lange Zeit in einem fremden Land weilt, oder der, der zu Hause bleibt und in der eigenen Seele forscht?"

„Und? Denkst du jetzt, ich hätte die Patentantwort darauf gefunden?"

„Nicht wirklich. Man sagt ja auch: Die längste Reise ist die vom Schädelinneren zum Brustinneren beziehungsweise umgekehrt. Aber wenn ich dich richtig verstehe, lässt du ja mittlerweile auch äußere Reisen als Chance zur persönlichen Erweiterung an dich heran?"

„Ja, und deshalb kann ich auch nicht werten: Dies ist die weitere Reise oder das. Ich weiß es einfach nicht. Wahrscheinlich gehört beides zusammen wie deine verschränkten Arme, gerade in diesem Moment, in dem du jetzt so vor mir sitzt." Scheheratze lacht laut und melodisch.

Sie nimmt die Arme auseinander und legt sie in den Schoß.

„Und jetzt? Willst du dich jetzt ganz elegant aus diesem Buch heraus schleichen oder was?"

„Nein, meine Liebe. Das will ich eigentlich nicht." Ich bin heute auch viel zu unruhig, um entscheiden zu können, ob das hier jetzt schon „The End" ist oder nicht. Ich kann nicht konzentriert arbeiten. Zu stark ist die Vorfreude auf dich. Morgen um diese Zeit ist dein Flugzeug schon gelandet, und ich werde in der Halle darauf warten, dass du deine Kisten und Koffer ordentlich durch den Zoll geschleust haben wirst. Dann werden wir uns in die Arme nehmen — ich weiß nicht, wie das sein wird, zaghaft, unbändig, scheu oder wie wild? — ein Großraumtaxi aufsuchen, in deine Firma fahren, alles ausladen und dann aber nichts wie nach Hause. Nach Hause. Zu uns.

„Nimmst du uns mit?" Die Kleine fragt für alle drei. Was fragt sie noch!

„Na klar, wie könnte ich denn ohne euch. Ihr seid ein Teil von mir. Natürlich kommt ihr mit."

„Was ziehst du an?"

„Wie denkst du über Fluglärm? Kerosin?"

„Bringst du ihm ein Geschenk mit? Eine Blume?"

Ist klar, wer hier was fragt. Ich bleibe für den Augenblick meinen drei Mädels die Antwort schuldig. Keine Ahnung, was ich wie tue, anziehe, denke.

Ich bin nur noch ein einziges „Morgen um diese Zeit". Alle Stunden des Tages ohne ihn ab jetzt nur noch ein einziges Mal. Wir werden noch etwas draus machen können, wir, zu zweit, als Team. So ähnlich wie Loki und Helmut.

Hinter dem Horizont geht´s weiter.

Fortsetzung folgt.

Bisher sind von der Autorin
folgende Bücher im Handel erhältlich...

(Stand Winter 2010)

Mitten in der Arbeit an zwei Entwürfen für Neuerscheinungen, zwei Ideen, die sich langsam in Schrift kristallisierten, traf Anfang Mai ein Gedanke wie ein Blitz die Autorin: Eine dritte Idee drängelte sich unaufhaltsam auf. Ein Buch, welches UNBEDINGT geschrieben werden wollte, stellte sich allen anderen Arbeiten in den Weg, zwang sich dem bereits speicherbereiten Computer auf, wollte ans Licht. Was soll man da machen?! Eine Autorin ist gleichzeitig Mensch und Medium, verpflichtet dem Leben und der Kunst, der Theorie und der Praxis, der Fiktion und der Realität... Kurz: Was raus muss, muss raus!

Katrin Richter schreibt schon seit fast zwanzig Jahren Tagebuch. In dieser Zeit –das wissen Sie selbst– hat sich so unendlich viel ereignet, bei Ihnen und uns in der Familie, in unserem Land, bei allen und überall. Es haben Wandlungen, Verwandlungen auf die eine oder andere Weise stattgefunden, Jede und Jeder erinnert sich schlaglichtartig an prägende Ereignisse in der eigenen Geschichte. Aber was sind das für kleine Schritte, Tag für Tag, aus denen unser Leben sich zusammensetzt?! Welche Umstände und „Großereignisse" schlagen sich doch nieder im Suchen und Finden des eigenen Weges!

Exemplarisch wird ein ganzes Jahr, ganz persönliches Erleben -Tagebuchauszüge- aus gebührendem Abstand für Sie ausgebreitet: Ein Jahr aus dem Leben der Autorin, gelebt um die Jahrtausendwende, mit eben jenem Suchen und Finden.

Die Natur, hier dargestellt am Beispiel einer Eiche im Berliner Stadtteil Baumschulenweg, macht ihre ganz eigenen vorgezeichneten Wandlungen während dieses einen Jahres durch. Der Mann der Autorin hatte sich vorgenommen, jenen Baum—der für ihn etwas ganz besonderes ist— möglichst jeden Tag zu fotografieren, nachdem ein ähnliches Exemplar auf dem täglichen Spazierweg gefällt wurde.

Und auf einmal kommt diese Idee, die jetzt als Buch erschienen ist: Ein Baum– und Menschentagebuch. Der Mensch und der Baum im überschaubaren Zeitraum eines Jahres.

Platz auch für Ihre eigene Rückschau, Platz für Ihren ganz eigenen Blick auf Veränderungen, Verwandlungen...

„Spuren der Verwandlung"
Ein Baum– und Menschentagebuch

ISBN 978-3-8391-6351-1
Books on Demand Norderstedt, 2010
Paperback, 244 Seiten, 16,90 €

Geschrieben als Katrin Panier-Richter...

Mitten in der globalen Wirtschaftskrise eröffnet ein kleines, mutiges Café und verwandelt eine Berliner Seitenstraße in ein romantisches Pariser Gäßchen.

„So etwas hat hier gefehlt." sagen alle und kommen in Scharen auf ihren neuen „Dorfplatz". Rund um jenes Café versammeln sich lauter „Unrasierte Seelen".

Lernen Sie beim Lesen bitte kennen: Hilde und Frida, zwei seelenverwandte Frauen, wie sie einander auch vor hundert Jahren hätten begegnen können. Die Soßenprinzessin, das seitenverkehrte Ehepaar, den nicht ganz Anonymen Alkoholiker, Helena mit dem Zopf auf dem Kopf. Ismail und Lisbeth, die von der Liebe gefunden werden, als sie sie am wenigsten erwarten, den Widerstandskämpfer und noch viele andere mehr.

Auf das überraschende Ende wären Sie nie im Leben gekommen, verspricht Ihnen Ihre Autorin Katrin Panier-Richter.

Unrasierte Seele

Seele

Kaffeehausroman
von Katrin Panier-Richter

„*Unrasierte Seele. Kaffeehausroman*"

ISBN 978-3-8391-2824-4
Books on Demand Norderstedt, 2009,
Paperback, 236 Seiten, 16,90€

Eine Version mit großen Buchstaben:

„*Unrasierte Seele. Kaffeehausroman*"

ISBN 978-3-8391-3404-7
Books on Demand Norderstedt, 2009,
Paperback, 372 Seiten, 23,90€

...ebenfalls als *Katrin Panier-Richter*

Psychotherapeuten auf Autorinnencouch

„Das klappt nie!" hatte die Autorin gedacht — und wurde eines Besseren belehrt. Diejenigen, zu denen wir uns auf die Couch legen, wenn sonst nichts mehr hilft, nahmen für Stunden auf dem dunkelbraunen Ledersofa am Kamin von Katrin Panier-Richter Platz.

18 Psychologen, Psychotherapeuten, Analytikerinnen zwischen 26 und 65 Jahren sprachen einmal nur von sich: Was sie ursprünglich dazu gebracht hat, Anderen Tag für Tag zuzuhören, von der aufwühlenden ersten Zeit, vom Zerbrechen und Neuformen ihrer Ideale; von dem, was ihr heute so notwendig gewordener Beruf mit ihnen selbst anstellt. Sie sind keine Götter, sondern Menschen wie du und ich, die nichts so sehr überraschen kann wie das Leben selbst. Jeder neue Klient, jeder lebendige Familienverband ist eine Herausforderung, wirft bislang fest gefügte Theorien über den Haufen.

Ehrliche Erzählungen ohne jedes Fachchinesisch.

Katrin Panier-Richter

Therapeutengeschichten

Mit einem Bein
auf der Couch

„Mit einem Bein auf der Couch.
Therapeutengeschichten"

ISBN 978-3-8334-8306-6
Books on Demand Norderstedt, 2007
Paperback, 244 Seiten, 16,90 €

Die „Stadtstreicherinnen"-Trilogie,

als *Katrin Panier-Richter*...

1. Teil

Es gibt kein Problem, das sie beim Spazierengehen nicht lösen kann. Ob sie sich ärgert, verliebt ist, nicht mehr ein noch aus weiß, die „Stadtstreicherin" zieht ihre Wanderschuhe an, streift ihren olivgrünen Parka über und natürlich einen Kuschelschal. Dann bricht sie auf, geht zu Fuß durch Berliner Großstadtkieze, schaut auf Menschen, Tiere, Zeitgeister und in ihre eigene Seele. Wenn Sie mehr erfahren wollen über das „Zitzeln", das „Muddeln"; was einen Loslassspaziergang von einem Brotspaziergang oder gar einem Spaziergang interruptus unterscheidet, dann finden Sie Antwort und Inspiration in diesen Texten und Gedichten.

Katrin Panier-Richter

STADTSTREICHERIN

Spazierbilder

„Stadtstreicherin. Spazierbilder"

ISBN 978-3-8370-4066-1
Books on Demand Norderstedt, 2008
Paperback, 144 Seiten, 10,00€

Die „Stadtstreicherinnen"-Trilogie,

als *Katrin Panier-Richter*...

2.Teil

Allein verreisen ist wie ins Kloster gehen. Das
hört ClaraKatrin von ihrer Freundin, die sie um
Rat gefragt hatte: „Soll ich oder soll ich nicht?" Ja,
sie soll, und sie tut es auch.

Okay, die Schweiz, Ascona, der Lago Maggiore,
das ist zwar nicht Tansania, Indien oder der
bolivianische Dschungel, aber darauf kommt es
ihr nicht an. Die eigene Seele auf fremder,
ungewohnter Leinwand betrachten. Innehalten,
das eigene Gebiet erweitern und herausfinden,
was wirklich trägt im Leben — dafür macht sich
die Heldin dieses Büchleins auf und kehrt
verändert wieder nach Hause zurück. Der
Mutsprung hat sich gelohnt.

„Mutspringerin. Reisebilder"

ISBN 978-3-8370-7347-8
Books on Demand Norderstedt, 2008
Paperback, 168 Seiten, 10,00 Euro

Die „Stadtstreicherinnen"-Trilogie,

als *Katrin Panier-Richter*...

3.Teil

Eine kleine Liebesgeschichte in achtzehn Briefen an Chris über die große Wut und das Scheitern des Egos.

Die Gedanken einer Berliner Putzfrau,
die für sich erkennt, dass man im Leben auch Widerstand leisten muss –
aber nicht gegen die Dinge, die einem zum Wohle geschehen.

STADTSTREICHERIN
Spazierbilder

MUTSPRINGERIN
Reisebilder

Katrin Panier-Richter

BRIEFSCHREIBERIN
Gedankenbilder

BRIEFSCHREIBERIN
Gedankenbilder

„Briefschreiberin. Gedankenbilder"

ISBN 978-3-8370-9684-2
Books on Demand Norderstedt, 2009
Paperback, 152 Seiten, 10,00 Euro

Geschrieben unter dem Pseudonym

Clara Felder...

Ein Mädchen, Jahrgang 1961, wird arglos hineingeboren in die DDR und versucht, sich darin einzurichten. Ihr Ehrgeiz lässt sie alles ausprobieren, was die Gesellschaft an weiblicher Gleichberechtigung verspricht: Abitur, Studium, Hochzeit, zwei Kinder, ein Streßberuf. Alles scheint gutzugehen, das innere Unbehagen beachtet sie nicht weiter. Dem wachsenden Druck, der immer deutlicher werdenden Schieflage in der Gesellschaft begegnet sie, indem sie „ihre" Krankheit entwickelt: den Alkoholismus. Zur Wendezeit verliert sie auf der ganzen Linie den Boden unter den Füßen: Die Ideologie erweist sich als untauglich, einen religiösen Glauben hat sie nicht. Das Land zerbröckelt, die Ehelüge lässt sich nicht mehr aufrechterhalten, sie hängt endgültig an der Flasche.
Trotzdem steht am Ende Hoffnung.

Clara Felder

Das schwächste Glied

Eine Geschichte aus dem Leben

„Das schwächste Glied.
Eine Geschichte aus dem Leben"

ISBN 978-3-3001747-1
Books on Demand Norderstedt, 2003
Paperback, 192 Seiten, 12,40 Euro

Literarische Sachbücher
im Verlag Schwarzkopf & Schwarzkopf, Berlin,
als *Katrin Panier*...

Bloß nicht wieder so ein Buch, in dem
Erwachsenen erklärt werden soll, wie sie mit
Jugendlichen besser umzugehen haben.

Das wünschten sich die 15- bis 20jährigen
jungen Männer und Frauen aus verschiedenen
Bundesländern, die hier ihre Geschichten so
erzählen, als würden sie mit Gleichaltrigen
darüber sprechen.
Darüber, dass das »erste Mal« fast immer eine
Katastrophe ist. Dass es leicht ist, sich übers
Internet kennenzulernen, aber schwer, dann
wirklich eine Liebe draus zu machen. Dass Sex
»dazugehört« – genauso wie Elternfrust,
Minderwertigkeitskomplexe beim Blick in den
Spiegel, Trost aus der Musik, Wut auf Leistungs-
und Schönheitsdruck.

Wenn es einen »roten Faden« gibt, der sich
durch alle Geschichten zieht, ob hetero oder
schwul, dann ist es die tiefe Sehnsucht nach der
einen, einzigen großen Liebe. An der man sich
festhalten könnte in unsicheren Zeiten.

„Sex gehört dazu.
Geschichten vom Erwachsenwerden"

ISBN 3-89602-428-0
Schwarzkopf & Schwarzkopf, Berlin 2003
Paperback, 528 Seiten, 14,90 Euro

Literarische Sachbücher
im Verlag Schwarzkopf & Schwarzkopf, Berlin,
als *Katrin Panier*...

Erwarten Sie keine der üblichen politischen
Schlagworte. In diesem Buch finden Sie
jugendliche Lebensgeschichten in der aufregenden
Zeit zwischen 14 und 21, die in diesen Fällen noch
spannender wird, weil sich die Mädchen und
Jungen in einem fremden Land, einer neuen
Sprache, anderen Balzritualen und einem für sie
seltsamen Umgang mit Liebe und Sex
zurechtfinden müssen.
Ja, es stimmt: Dunkelhäutige können gut tanzen
und haben das gewisse Etwas. Indische Mädchen
werden immer nach dem Kamasutra gefragt. Und
von italienischen Jungs erwartet frau natürlich
Latin-Lover-Qualitäten. Sie kennen die Klischees,
und sie lächeln darüber: Die zwanzig jungen
Frauen und Männer aus anderen Kulturen, die in
Deutschland leben und in diesem Buch zu Wort
kommen.
Kleine Aufzählung: Vietnam, Griechenland,
Indien, Pakistan, Portugal, Italien, Russland, die
Ukraine, Kasachstan, Ghana, Angola, Nigeria, die
Türkei; Tunesien, der Irak, Taiwan, Mexiko,
Brasilien und Kroatien in allen deutschen Bundesländern. Sie wurden hier geboren oder nicht, sie
möchten hier bleiben oder nicht. Auf jeden Fall
wünschen sie sich einen Weg, wie sie ihre Wurzeln
in anderen Ländern und Religionen und die
moderne westliche Lebensart für sich miteinander
verbinden können zu etwas Neuem, vielleicht
Besserem? Aber ohne Liebe geht gar nichts.

„Zu Hause ist, wo ich verliebt bin.
Ausländische Jugendliche in Deutschland
erzählen"

ISBN 3-89602-486-8
Schwarzkopf & Schwarzkopf, Berlin 2004
Paperback, 400 Seiten, 9,90 Euro

Literarische Sachbücher
im Verlag Schwarzkopf & Schwarzkopf, Berlin,
als *Katrin Panier...*

20 Tonbandprotokolle aus dem Frauenknast.

Sie tragen weder gestreifte Häftlingskleidung noch
dunkelgraue Overalls.

Die inhaftierten Frauen zwischen siebzehn und
dreiundfünfzig in diesem Buch sehen so normal
aus wie die Beamtinnen, die sie betreuen: T-Shirt,
Strickjacke, Jeans. Wenn sie sich vor dem
Fernseher setzen, um TV-Serien über den
Frauenknast zu schauen, dann nur, um sich zu
amüsieren.
Sie finden es albern, unwirklich und fern von sich
selbst, was da gezeigt wird. Teils resigniert, teils
voller Hoffnung berichten sie aus ihrem Leben;
froh, dass mal jemand kommt, der nicht nur die
Klischees abfragt.

Auch drei Bedienstete aus einer JVA geben
Auskunft. Ein anderer Blick auf den
Gefängnisalltag, der das Bild erst abrundet.

Katrin Panier

Die schlimmsten Gitter sitzen innen

Geschichten aus dem Frauenknast

SCHWARZKOPF & SCHWARZKOPF

*„Die schlimmsten Gitter sitzen innen.
Geschichten aus dem Frauenknast"*

ISBN 3-89602-612-7
Schwarzkopf & Schwarzkopf, Berlin 2004
Paperback, 320 Seiten, 9,90€

Literarische Sachbücher
im Verlag Schwarzkopf & Schwarzkopf, Berlin,
als *Katrin Panier...*

Eine Künstlerin lebt in einem Bauwagen. Ein Kapitän auf seinem Schiff. Der selbständige Kfz-Mechaniker zog in seine Werkstatt, ein ehemaliger Traktorist ganz und gar in den Wald. Ohne Wohnung — warum auch immer — leben heute nicht mehr nur klassische Rauschebärte mit Wärmflasche im Arm, sondern auch Maler, Musiker, Ärzte, Geschäftsleute und Jugendliche aus eigentlich wohlsituierten Elternhäusern. Ein bunter Querschnitt der Gesellschaft. Es gibt keine Randgruppen.

Um die 10.000 Menschen leben in Berlin ohne Wohnung. Wobei die Dunkelziffer gar nicht recht zu schätzen ist. Warum landen Männer, Frauen, Jugendliche, die vorher vielleicht sogar erfolgreich und angepasst schienen, auf der Straße? Welche Rolle spielen dabei Beziehungen und enttäuschte Liebe? Gibt es auch Nichtsesshafte, die dieses Leben gern und freiwillig für sich gewählt haben? Dieses Buch versammelt Geschichten von Lebenswegen, die in Wohnungslosigkeit mündeten oder das beinahe getan hätten. Mit viel Fingerspitzengefühl hat die Autorin in mehr als einem Jahr die Geschichten zusammengetragen. Abgerundet werden sie durch tagebuchartige Zwischentexte der Autorin, die sich wie ein roter Faden durch das ganze Buch ziehen.

Katrin Panier

Die dritte Haut

Geschichten von Wohnungslosigkeit
in Deutschland

Eine Künstlerin lebt in einem Bauwagen. Ein Kapitän auf
seinem Schiff. Der selbständige KfZ-Mechaniker zog
in seine Werkstatt, ein ehemaliger Traktorist ganz und
gar in den Wald. Ohne Wohnung – warum auch immer
– leben heute nicht mehr nur klassische Rauschebärte
mit Wärmflasche im Arm, sondern auch Maler, Musiker,
Ärzte, Geschäftsleute und Jugendliche aus eigentlich
wohlsituierten Elternhäusern. Ein bunter Querschnitt der
Gesellschaft. Es gibt keine Randgruppen.

SCHWARZKOPF & SCHWARZKOPF

„Die dritte Haut"
Geschichten von Wohnungslosigkeit in
Deutschland

ISBN 3-89602-711-5
Schwarzkopf & Schwarzkopf, Berlin 2006
Paperback, 320 Seiten, 9,90€

Hinweis zum Vertrieb:

Sie können die genannten Bücher in Ihrer
Buchhandlung oder im Internet bestellen,

gern auch — und auf Wunsch signiert — in der
Buchhandlung unseres Vertrauens „Büchereck
Baume"

„Büchereck", Baumschulenstraße 11 / Eingang
Behringstraße, 12437 Berlin, Tel.: 030 / 53216132

http://www.buechereck-baume.de

Alle weiterführenden Informationen finden Sie
auch unter www.bod.de (http://www.bod.de/
autoren.html)